MIS TRES ABUELAS Y YO

Guisela Corado

Publicado por Ibukku
www.ibukku.com
Diseño y maquetación: Índigo Estudio Gráfico
Copyright © 2020 Guisela Corado
ISBN Paperback: 978-1-64086-728-4
ISBN eBook: 978-1-64086-729-1

Para vivir tuve que perdonar,
para perdonar tuve que encontrar a Dios.
Cuando encontré a Dios le pedí paz.
Para encontrar la paz tuve que
contar mi verdad para que mi ira
se fuera dándole voz a mi
madre.

MIS TRES ABUELAS Y YO

Mis abuelas, no fueron esos seres amorosos con cabecitas blancas, que descansan en sus sillas mecedoras con los nietecitos en sus regazos, para contarles cuentos y entretenerlos o para cocinarles y prepararle sus mejores recetas, llenando de amor, de recuerdos y de magia la vida de los nietos.

¡O no! siento decepcionarlo, contra mí el infierno confabulo, para regalarme a las tres abuelas más malévolas que encontró y todavía estoy alagando a las condenadas señoras que para estos tiempos se han de encontrar en sus respectivos calderos a no sé cuantos metros bajo tierra, revolviendo su más concentrado y letal veneno a fuego lento.

Mi Primera Abuela

Mi abuela Eloísa Velásquez, nació en Antigua Guatemala allá por el año de 1899 en el seno de una familia muy humilde, sin acceso a educación y sin mayores oportunidades. A sus 12 años, su madre la entrega a un hombre mucho mayor que ella con una diferencia de edad de más de 30 años, para que fuese su concubina, por este tener un oficio bastante bien remunerado como fabricante de marimbas. Instrumento musical típico de Guatemala. La vida de Eloísa junto a ese hombre fue un infierno de celos y de abusos tanto físicos como psicológicos. Después de que Eloísa volvía del mercado de hacer las compras del día, este hombre la esperaba la desvestía, la revisaba, la olía y luego le pegaba y la violaba. Pasado un tiempo, Eloísa decide que no puede continuar viviendo así y planea huir, y un día esperó a que su marido se emborrachara y se fugó. Así fue como pudo escapar y buscar refugio con una prima que se dedicaba por las noches en un club de mala muerte a la prostitución. Su prima viendo a Eloísa tan desesperada la ayuda y la deja quedarse con ella a cambio de que se encargue de la limpieza del hogar y la preparación de los alimentos ofreciéndole darle algo de dinero a cambio por sus servicios. Después de algunas semanas, Eloísa le dijo a su prima que limpiar y cocinar y encargarse de una casa no es lo que ella quería hacer en su vida, sino lo que deseaba era salir de la miseria, que agradecía su ayuda y que seguiría ayudando en la casa pero que a partir de esa noche se iría a trabajar con ella como prostituta, porque quería tener dinero, vestir ropas más bonitas, perfumarse y arreglarse y lucir más linda y así, a sus 13 años toma la decisión que cambiaría el resto de toda su vida.

Durante un tiempo ejerció el oficio en el club, pero por su corta edad e ignorancia, resultó embarazada. Estando embarazada ya de 5 meses y prostituyéndose aun en el club, una noche empieza una discusión entre borrachos que pronto escala y explota en puñetazos. Eloísa, que para entonces había cumplido 15 años, queda atrapada entre las patadas, botellazos y puñetazos, cae al suelo y es aplastada y pateada por los borrachos. El feto queda muerto dentro de su vientre y solo se da cuenta semanas después, cuando pierde la matriz y un ovario. Al salir del Hospital busca otro lugar donde trabajar, un lugar más seguro en el que no sucedieran cosas como ya le habían ocurrido en el club anterior. Sin dinero ni para comer, cansada de buscar, al fin llega a la ciudad de Guatemala, nunca había estado en la ciudad. Todo le causaba sorpresa, en su búsqueda llega a un lugar muy elegante y las demás mujeres que se encontraban allí la miran con desprecio y desdén, pero pregunta por la dueña.

Eloísa había llegado a la afamada casa de citas "de la francesa" localizada en el centro de la ciudad de Guatemala, que era famosa por traer mujeres bellísimas de distintos países europeos y al que solo hombres con grandes fortunas, poderosas influencias, altos rangos militares y elevadas esferas políticas y religiosas podían frecuentar. Aquella francesa vio algo en mi abuela y decidió recibirla en su negocio no solo como una de las "patojas", que era como las llamaba, sino que la tomó como su pupila. Le enseñó toda la operación con las chicas extranjeras. Poco a poco le enseñó todos y cada uno de los detalles del negocio. Con los años y la experiencia heredada de su maestra, Eloísa se convirtió en "la Madame". Después de la muerte de la francesa, Eloísa es llamada "Madame La Locha" y su casa de citas cambia de nombre a su nuevo nombre "Pinky Bar".

Lejos había quedado aquella muchacha humilde que llegó buscando trabajo, ahora era la dueña y gracias a su benefactora, sabía todo lo que necesitaba sobre el negocio para seguir adelante y tener una vida cómoda sin limitaciones.

Ahora Eloísa "La Locha" en la flor de su vida con un negocio próspero, y siguiendo los consejos de su maestra empezó a interesarse más en la cultura, en el baile, en la lectura, en viajar y en traer chicas europeas que le dieran prestigio a su negocio. Convirtiéndose en la anfitriona perfecta, sabiendo charlar de diversos temas, pero sobre todo "pretender escuchar con atención las estupideces que dicen los hombres cuando beben", que decía ella, es lo que les gusta a los hombres que hagan las mujeres. También aprendió a mantener las apariencias, engañando al mundo entero con sus actos caritativos, asegurándose que fuesen cubiertos por todos los periódicos en las páginas sociales, los que cubrían a detalle las grandes sumas de dinero que aportaba a la iglesia católica, a los hospitales y a los orfanatorios.

Durante toda mi vida cerca de ella solo oí decir que tenía un enemigo que odiaba. Tal vez tendría más, pero a éste lo odió, hasta su muerte y fue al Dictador Jorge Ubico. Mi abuela me contó en un paseo al cementerio general, que tuvo un problema con él, por unas propiedades que ella poseía y él quería obtenerlas sin pagar por éstas, pero una de estas propiedades en cuestión era el local en donde se localizaba su negocio en la avenida Elena. Como mi abuela, no accedió a regalárselas, el Dictador hizo uso de su poder, para vengarse de ella. Acusó, torturó y fusiló por un crimen que no cometió a Eduardo Felice Luna, su amante y el amor de su vida. Mi abuela para defenderlo contrató al mejor abogado de la época, Adán Manríquez Ríos y le ofreció miles de quetzales para que le salvara la vida. Hizo cuanto pudo, para salvarlo. Mientras Eduardo permaneció en la cárcel, lo visitó a diario y él le entregaba a diario pequeños pedacitos de papel escritos con lápiz, donde relató todas las torturas a las que fue sometido, para que se declarara culpable. De estos pedacitos de papel, que alguna vez me enseñó, mando a hacer un diario personal sobre los últimos días de su gran amor. Durante 10 meses de encarcelamiento y torturas, Eduardo Felice Luna siempre mantuvo que era inocente, pero después de un juicio plagado de mentiras fue sentenciado a muerte y fusilado el día del cumpleaños de mi abuela, el 2 de mayo de 1931. Por ese motivo y a partir de ese entonces, la fiesta de la celebración de su cumpleaños era el 1 de mayo.

Fui testigo de que todos los domingos adorno la tumba de Eduardo Felice Luna y de que al morir sus restos descansaron al lado de su gran amor, en un mausoleo que mi abuela compró al lado del mausoleo en el que descansaban los restos de su adorado, porque ella quería al morir quedar al lado de "su Eduardo". Mi abuela Eloísa durante su vida tuvo muchos amores, de unos oí hablar a otros conocí, pero de ninguno habló como de Eduardo Felice Luna.

Éramos niños y cuando íbamos al Cementerio General, corríamos jugando entre los mausoleos llevando las flores a lo más alto, por encargo de mi abuela ya que para ella era físicamente imposible adornar arriba. Todavía yo no entendía lo que era perder a un ser amado, ni lo que la vida me tenía preparado, porque, aunque mi Padre se había suicidado, yo lo había perdido tan pequeña que no había sentido su partida.

Durante toda mi vida mi padre ha sido un fantasma, una cara en una fotografía y un apellido en un papel porque de algún modo me tenía que llamar.

Mi Segunda Abuela

Se llamaba Flor, era muy bonita, una mujer de piel blanca y de ojos verdes. Conocí su historia muchos años antes de conocerla a ella, tan solo conocía lo que mi Madre Alma os contó a mí y a mi hermana. Que siendo ella una niña, nacida en el Salvador, fue entregada como pago de una deuda, al dueño de una finca de caña de azúcar y después de dar un hijo varón primogénito fue echada a la calle. Sin saber que hacer yendo y viniendo de un lado a otro la joven sin educación termina siendo prostituta y llega a Guatemala al Pinky Bar. Mi abuela Eloísa al verla tan bonita termina por darle trabajo, pero mi abuela Flor nunca siguió las reglas del negocio de mi abuela Eloísa y eso trajo muchos conflictos entre ambas y también muchos niños no deseados. Ya para entonces Eloísa tenía algunos niños de crianza, y Flor agregaría algunos más a su ya larga lista. Y aunque Eloísa era conocida en la sociedad guatemalteca por su altruismo y sus enormes contribuciones caritativas a la iglesia católica, ninguno de sus hijos adoptivos podía acceder a colegios católicos a hospitales ni orfanatorios públicos. Por su oficio toda su familia sería marcada y despreciada dentro de la sociedad tan llena de hipocresías. Por este mismo motivo, algunos otros jóvenes, también hijos de crianza, se marcharon de la protección de mi abuela y nunca volvieron a tener contacto con ella o tal vez, tendrían sus motivos personales.

De cuando en vez oía sus nombres ser mencionados entre mi abuela y mi tía de crianza. Mi tía llamaba mi atención porque a pesar de su maquillaje se le notaba una enorme cicatriz en la frente. Un día mi curiosidad me venció y le tuve que preguntar que le había pasado. Me contó que cuando era niña, parada en un banquito, moviendo con una paleta, una gran olla de frijoles negros, inclinó mucho la olla y se le vino encima. Le pregunté si ya vivía con mi abuela Eloísa y me dijo que sí. Ya no quise indagar más y solo me confirmó, que era la mayor de todos los hijos de crianza. Que a los hijos de Flor los recibió de días de nacidos. Pero que también hubo otros que vinieron antes más grandes y se fueron ya jovencitos. Que mi abuela Flor había tenido otro hijo, pero que el padre se lo había llevado. Por eso sé que mi madre es la número cuatro de los ocho hijos que tuvo mi abuela Flor.

Entre los cuatro desafortunados niños abandonados por la abuela Flor, en casa de mi abuela Eloísa, estaba mi madre, Alma, hija de mi abuela Flor y de un soldado americano de Carolina del Norte de nombre Ricardo Colwer. No por ser mi Madre, pero era una mujer bella, de tez blanca, con una cabellera tupida larga y ondulada de color dorado como el sol, con ojos celestes como cielo, de un carácter alegre y muy noble. Por su belleza desde muy pequeña le llamaron muñeca y su sobre nombre cuando llegó a ser adulta se hizo más corto y sus amistades y familiares la llamaban ¨neca¨.

Su relación familiar más estrecha era con su hermano mayor, mi tío el de El Salvador. Ellos tenían una hermandad y amistad especial, como con ningún otro de sus hermanos, un vínculo tan especial como el que teníamos mi hermana Myriam y yo, que estoy segura va más allá de la muerte. Se frecuentaban mucho. Creo que no pasaba una sola semana sin que se visitaran y eso era en nuestro beneficio ya que mi tío tenía cinco hijas y dos de la edad de mi hermana y mía y todos nos reuníamos, era una fiesta en casa o en casa de ellas. Son los recuerdos más felices de mi infancia y era para mi hermana y para mí el tío más querido, al que le pedíamos cinco centavos y había que negociar porque nos regateaba y terminábamos obteniendo un centavo, porque él era un gran negociante, pero sobre todo, era un tío y un hombre maravilloso que quiero y sigo extrañando.

Mi Abuela Eloísa fue un ser manipulador y maquiavélico, que usando la estrategia Napoleónica "divide y vencerás", alimentó la desunión entre sus hijos de crianza, les fue matando el espíritu poco a poco y fue enseñándolos a odiarse y a envidiarse hermano contra hermano, usando hasta sus diferencias raciales para su propósito, alimentó el odio en sus corazones y se divertía cuando se peleaban por sus atenciones. Despreciaba a las mujeres que no fueran blancas y premiaba las actitudes machistas y agresivas en los varones, así también fomentaba el consumo de las bebidas alcohólicas a temprana edad.

Pero eso no fue suficiente, todavía llego más lejos para envenenar sus corazones. A los blancos con ojos claros les dio su apellido y a los otros, el apellido de mi abuela Flor, para hacerlos sentir mal y diferentes. YO VIVO EN ESTADOS UNIDOS Y SOY

CIUDADANA AMERICANA, PERO CONOCÍ EL RACISMO EN LA CASA DE MI ABUELA ELOISA. Recuerdo a mi abuela Eloísa sacándole en cara a mi Madre, que gracias a que ella la había recogido y le había dado educación era lo que era, porque si no quién sabe lo que hubiera sido de ella y que por eso tenía que estar muy agradecida. Que tenía que cuidar de ella y no volver a casarse y no volver a cometer el gran error que había cometido al casarse con mi padre, ese indio borracho, que solo le había traído desgracia y que además la había dejado con dos niñas indias, y le había dado una vida de abusos para terminar suicidándose. Así conocí la triste historia de mi padre.

Así también, mi abuela se esforzó en marcar una gran diferencia entre mi hermano y nosotras, mientras con mi hermano y mis primos blancos las vacaciones eran a Europa, los paseos con nosotras eran los domingos al cementerio o a la Antigua. Para mi abuela ya era una desgracia nacer mujer, pero no nacer blanca y sin ojos claros, eso ya era pecado. Desgraciadamente mi abuela también contribuyó muchísimo al fracaso del matrimonio de mis padres, facilitando a mi padre licor gratis y el servicio de sus chicas en su establecimiento y dejando que mi madre lo supiera.

Mi tercera abuela

Quiero imaginar que mi tercera abuela en su tiempo fue una mujer elegante, aunque de las tres es de la que menos información tengo, porque mi relación con la familia de mi padre fue muy distante desde que nací. Debe ser por la muerte tan temprana de mi padre y las circunstancias que rodearon su muerte. A mi abuela María, mi tercer abuela, mis ojos de niña la miraban como una figura tenebrosa. Su presencia se anunciaba con una espesa nube de humo tóxico, ponzoñoso y mal oliente que me impedía respirar. Cuando tocaba a la puerta, que mi nana abría para dejarla pasar, mi abuela María aparecía con su vestido negro, ya gastado de tanto lavarlo, porque usaba luto desde la muerte de mi padre, y quemado por tantos cigarrillos que encendía uno tras otro sin necesidad de encendedor, su cabellera llegaba hasta los hombros siempre desaliñada, a medio pintar de rubio y canas. Sus manos arrugadas por la edad, tenían unas uñas largar y amarrillentas. Usaba unos zapatos negros de plataforma, que dejaban salir los dedos gordos de sus pies con las uñas largas, amarrillentas y descuidadas.

Siempre nos llevaba un juguete roto o algo que encontraba en la basura y luego se sentaba a decirnos que mi Madre era una mala mujer, porque había llevado a su único hijo varón, el más querido, a la locura de la bebida y la desesperación, lo que probocó su temprana muerte, y que por eso, que mi hermano tenía la obligación de continuar con el apellido Corado. Para mí la situación que creaba mi abuela María era insoportable. Entre la peste del humo que me ahogaba por el asma y la risa que se me quería salir, porque mi hermana se escabullía tratando de poner la escoba detrás de la puerta, costumbre en Guatemala, para que la visita se marche rápido. Claro que eso es de muy mala educación. Nuestra nana mientras le servía café y un panecillo le recordaba, que yo tenía asma para que dejara de fumar, pero ni se inmutaba. Nunca por insignificante que fuese nos dió un regalo nuevo o llegó a un cumpleaños. Ella decía que éramos hijos de su único hijo varón y el más querido, pero nunca nos quiso. Nos trató siempre con desprecio por la muerte de su hijo, porque de algún modo, tanto mi abuela Eloísa como mi Madre y nosotros, ante sus ojos éramos responsables de esa muerte, por lo menos eso era lo que siempre me hizo sentir y su idea de la religión, porque era muy católica, en lugar de inspirarme amor o respeto, más bien me inspiraba miedo y aunque de vez en cuando íbamos a la Iglesia Católica, todos los Santos, Jesús en su Cruz excepto la Virgen María, mis ojos de niña los miraban como los de las películas de terror que me gustaban y he disfrutado siempre. Pero estas figuras para mi, estaban mezcladas con una religión que no importara si me portaba bien o no, de todos modos según mi abuela María, todos terminaríamos en el infierno por nuestros pecados.

Nunca entendí por qué si éramos hijos de su hijo más querido, nunca nos quiso. Por qué no solo nos dio amor y vino a visitarnos a casa para contarnos de mi padre, cuando él estaba vivo. Por qué no vino a casa simplemente a charlar y conocernos, y que nosotros a su vez la conociéramos. Creo que para ella fue más importante odiarnos a todos, en lugar de ver en nosotros algo de su hijo, porque llevamos su sangre y especialmente mi hermana que se parecía mucho a él. Pudo haber abierto su corazón a nosotros que éramos un pedacito de su propio hijo, pero no, una y otra vez escogió odiarnos.

De parte de la familia de mi padre solo recuerdo tener una tía con la que mi madre si tenía una buena relación, pero creo que más que familiar era de amistad por las circunstancias que las dos enfrentaban en la vida. Mi tía luchaba sola por sacar sus hijos adelante, así como mi madre lo hacía con nosotros y eso era algo que las identificaba más allá del vínculo familiar. Las dos también sufrían de enfermedades graves e incurables. Pero, sobre todo, siempre mostraron respeto la una por la otra hasta el día de su muerte. Fue la única que a su manera quiso contarme como era mi padre y describirme su carácter, así como las emociones que el sintió y compartió con ella al nacimiento de cada uno de nosotros. En el caso de mi tía, no concebía que siendo mi abuela María, su madre, una mujer tan acaudalada no la ayudara económicamente. Su fortuna venía de varias generaciones por fincas de café en el área de Jalpatagua. Por qué dejaba que mi tía enferma, sufriera tantas carencias.

Hace tiempo comprendí que el dinero es importante, es un medio de vida y como tal lo veo, pero no es lo más importante y menos cuando nuestros seres más queridos sufren ante nosotros y solo los contemplamos y pensamos que con rezar por ellos hacemos lo suficiente y conservamos el dinero en el banco. Luego mueren y entonces sí, queremos pagar por el mejor funeral para que toda la gente asista a la comedia que representamos, de lo bueno que fuimos con nuestro ser querido. Que nos vean llorar en la misa. Que vean que buen funeral estamos pagando. Dándole de comer a un montón de extraños con cafecito y el traguito para el frio, aunque la verdad es que, en vida, nunca hicimos nada por aliviar su dolor. ¡Que hipocresía!

Sería imposible contar la historia de mis tres abuelas y su relación conmigo sin contar la de mis padres, mi madre Alma hija biológica de Flor criada por Eloísa se conoce a sus 16 años con Manuel Antonio hijo de mi abuela María, la que iba ya por su segundo matrimonio. Se enamoran y saben que es un amor imposible, porque por un lado la familia de mi abuela Eloísa, era una familia nada tradicional y aunque mi madre, si era una mujer decente, nadie quería emparentar con esta familia. Por el otro lado, la familia de mi abuela María y ella, una mujer viuda, acaudalada y muy católica y cuyo hijo Manuel Antonio era la luz de sus ojos, el único varón y el más pequeño, no estarían de acuerdo en esa relación. A los enamorados se les ocurrió la brillante idea de fugarse y ya sabemos el resultado de esas fugas (un embarazo), así también es bien sabido que la reparación de ese tipo de faltas en esa época era la inminente boda. De esa unión nacimos tres hijos, un varón, mi hermana Myriam y yo Guisela. Mi infancia no fue como la de cualquier otra niña, aunque yo no sabía por qué. Tenía todo el amor de mi madre, y ella era todo para mí y mi hermana era mi mejor amiga y cómplice. Mi relación con mi hermano mayor nunca fue buena por ser él muy agresivo, aunque era tolerable. En la primaria fui muy tímida e introvertida y fui víctima de agresión física y verbal en los colegios, aunque mi hermana me defendía siempre y me reñía, por no defenderme, pero no podía hacerlo porque no sabía cómo. Nunca fui una niña agresiva. Con relación a mi padre, no sentí su falta porque cuando lo perdí era muy pequeña y mi madre llenaba todo mi mundo, ella era todo para mí. Además, cuando tuvimos un padrastro, él fue un hombre tan correcto y respetuoso que supo ganarse mi cariño, y hasta el día de hoy lo recuerdo con cariño y respeto. El recuerdo más hermoso que tengo de mi padrastro Neto es que fue el quien me enseñó a rezar la oración del Padre Nuestro.

En mis primeros años no me daba cuenta de que a mi casa no se nos permitía llevar amigas del colegio, ni hablar mucho de quien era nuestra abuela. Nunca tuve una amiga que fuera a mi casa, ni mi hermana tampoco. Las fiestas y cumpleaños eran solo entre la familia. Recuerdo a mis primos y primas y a pocas amistades de la vecindad, pero no de nuestros colegios. Frente a mi casa vivía mi tía de crianza con dos primos a quienes visitábamos a diario, y eran nuestros compañeros de juegos después de acabar las tareas, pero ellos no tenían los mismos problemas por no tener los apellidos. Por su color de piel "blanca" ellos tenían, con relación a mi abuela Eloísa más privilegios que mi hermana y yo que éramos morenitas "indias, según ella". Mi Madre era Maestra de Música y Secretaria Trilingüe y por un tiempo emigro a Montreal, Canadá para trabajar y buscar un mejor porvenir para nosotros sus hijos. Ese tiempo fue eterno para mí, solo podíamos oírla por teléfono una vez al mes por un par de minutos. Las cartas tardaban tanto en llegar, pero yo le escribía casi a diario. Fue un tiempo realmente muy difícil para mí.

Desgraciadamente después de dos años, un día en una fuerte nevada mi madre quedó varada en la nieve y es llevada de emergencia al hospital. Es diagnosticada con Lupus Eritematoso. Una enfermedad del sistema inmunológico de la que en Guatemala no se sabía nada. Ella mantiene su diagnóstico en secreto.

Mi madre regresa a Guatemala y yo estaba feliz porque volvería a ver a mi madre. Pero llegó en silla de ruedas. Recuerdo sentirme confundida y con sentimientos encontrados por verla en esa silla. Aunque la transición a muletas fue rápida, en su cara se notaba el dolor. Mi madre compró una pequeña máquina para dar masajes y noté que se la ponía en la mano y se la pasaba en las piernas y le ofrecí ayudarla. Ella me enseñó y se convirtió en mi tarea diaria, cuando tenía dolor. A mí corta edad sabía que algo no estaba bien. Luego de unos días mi madre tomó la rutina de ir a nadar y todo empezó a lucir más normal para mí. También recuerdo a mi mami pidiéndonos que colaboráramos más en casa. Y yo solo sé que me sentía feliz de verla todos los días. Poco a poco su actitud fue cambiando. Empezó decirnos que ya no éramos niños, que teníamos que madurar, que la vida era dura, que no toda la gente era buena, que viéramos el ejemplo en la familia. Que había envidia, egoísmo y maldad. La vida continuó y poco a poco mi entorno se tornaba normal. Yo colaboraba más en casa para que mi madre no tuviera que irse lejos nunca más. Era bueno regresar del colegio y volver a cenar todos juntos. Veía a mami más feliz o sería que yo estaba más feliz.

Mi madre empezó en un nuevo trabajo y eso la puso muy contenta. Platicaba con mi padrastro durante la cena y estaba muy animada por este nuevo trabajo. Yo no entendía mucho pero mi hermana decía que era en el gobierno junto con mi padrastro y que eran buenas noticias porque no tendría que irse nunca más lejos de nosotras. De esos tiempos atesoro algunos recuerdos como un viaje al puerto. En el camino oíamos la canción "Te necesito de Elio Roca" y esa canción mi padrastro se la había dedicado a mi mami. Neto trataba de cantársela junto con la canción que sonaba en la radio, pero era muy malo para eso y solo alcanzaba a decir la última silaba de cada palabra, su voz era muy profunda, ronca y sin melodía y eso provocaba en nosotros grandes risotadas. La cara de mi madre enrojecía de vergüenza porque nunca le habían cantado frente a nosotros y se avergonzaba. Me acuerdo de que en el camino mi mami y mi padrastro tomaban turnos para manejar, pero mi mami era una conductora más experimentada. En el turno en que le tocó conducir a mi padrastro Neto, el carro se atascó en la arena. El vehículo en el que íbamos era una camioneta Land Rover todo terreno, que nos habían prestado. Neto trataba de salir de la arena. Nos hizo bajar a todos del carro, y nos dijo "patojos quiten arena de alrededor de las llantas y vamos a poner tablitas debajo de las llantas". Mi madre permaneció parada mirándolo con una pequeña sonrisa en los labios y el agachado retirando arena, sudando a mares, se dio vuelta para verla y le dijo "Mi amor tú sabes algo, mi Alma anda dame un beso". Mi mami nos dijo quítense todos, aléjense, movió algo en los rines de las llantas del carro y usando la doble tracción salió de la arena y ya nos subimos todos que, para entonces, sudábamos a mares y nos reíamos por toda la odisea. Luego me acuerdo de que subimos en una lancha y vimos muchos peces que saltaban y Neto con una red atrapó uno para mostrárnoslo y tenía cuatro ojos y después lo regresó al agua. Llegamos a nuestro destino y corriendo fuimos a quitarnos la ropa porque ya veníamos preparados con las calzonetas debajo de la ropa para irnos a dar un chapuzón al mar, por supuesto en la orillita. Ese viaje permanece en mi memoria y en mi corazón como uno de los recuerdos que más atesoro.

Fuimos tan felices en esos tiempos, que pasados los años entiendo que la felicidad son momentos que debemos disfrutar y recordar para siempre, porque son la fuerza que nos ayuda a seguir adelante en la vida.

Desde pequeña oía en la familia conversaciones que no entendía, y cuando los adultos usaban palabras nuevas se las preguntaba a mi hermana y muchas veces ella tampoco sabía que significaban. A mi hermana y a mí nos gustaba escondernos en la casa de mi tía de crianza cuando hablaba con mi abuela Eloísa y sí que oíamos las conversaciones que tenían, aunque muchas veces no entendíamos mucho. Nos dejaban muy confundidas, teníamos mi hermana 8 y yo 7 años. Algo nos dejó pensando por muchos años, "que por 15 minutos la tarifa era Q.100.00". No teníamos la menor idea de lo que eso significaba y lo peor era que no podíamos preguntarle a nadie porque no podíamos decir que estábamos espiando a mi abuela y a mi tía, que eran personas mayores. ¿Esa información no estaba en el diccionario y no era un problema de matemáticas, que significaba eso? Esa duda dio vueltas en mi cabeza por semanas. Quienes me conocen saben que soy una persona persistente y eso se convirtió en un acertijo que demoro años en ser resuelto, que me quito el sueño y muchas veces lo aborde como un problema matemático y estuve a punto de preguntárselo a mi maestra del colegio, pero mi hermana me hizo jurar que nunca se lo diría a nadie y cumplí con ese juramento. Tuvieron que pasar algunos años para que por fin un día todo ese rompecabezas hiciera sentido y creo que el resolverlo no me alegró para nada, más bien me hizo sentir bastante avergonzada, porque entonces comprendí porque en muchas ocasiones había sido objeto de lo que hoy en día llaman acoso escolar.

Recuerdo una ocasión en que una niña se quejó con la maestra inventando una mentira sobre mí y fui llevada a la dirección y aquella niña hizo tal alboroto que la directora no tuvo más opción que llamar a la madre de la niña y la mía, pero mi madre trabajaba en el congreso y no la pudieron localizar, así que durante la sesión en la dirección yo estuve sola y solo pude negar la acusación, pero yo era una niña tímida e introvertida y la otra niña lloraba a mares y montó un gran teatro y la directora no me creyó y me pusieron una carta pegada con una grapa en la blusa del uniforme para que mi madre la leyera y me dijeron que al terminar el día me fuera a mi casa y que se la diera a mi mamá y la regresara firmada por ella. Al salir de la oficina de la directora mi hermana se encontraba esperándome y solo entonces pude llorar y ella enseguida me dijo "no chilles que te están viendo". ¿Qué pasó? y le conté lo sucedió y me dijo que esperaría a la salida por la niña para pegarle. Pero no se pudo, porque a la niña la esperaba su madre y por nosotras vino como siempre nuestra nana, pero las seguimos unas cuadras para ver donde vivían y luego nos fuimos a casa y entonces si pude llorar. Mi hermana seguía muy enojada y frustrada esperando que llegara mi mami. Cuando por fin llegó, mi hermana me jaló para ponerme enfrente de mi mami y me dijo que antes de que mi mami leyera la carta que le contara lo que había pasado. Mientras yo le contaba a mi mami lo sucedido, miraba como la mirada de mi madre iba cambiando y se hacía de hielo, mirada que conocíamos muy bien cuando se enojaba, veía también como su rostro se iba enrojeciendo de furia. Cuando terminé, ella quitó la carta de mi uniforme y leyó. Se levantó y muy enojada agarro su bolsa y nos preguntó a mi hermana y a mi "saben dónde vive", contestamos si a una sola voz, y salimos por la puerta casi volando. Mi madre iba furiosa. Primero fuimos a la policía, mostró la credencial de su trabajo y solicitó dos agentes, luego nos dirigimos a la casa de la niña. Mi madre le pidió su arma a uno de los policías, él al principio se negó a entregarla, pero mi madre lo amenazó diciéndole que" si no se la daba perdería el chance (el trabajo)" y se la tuvo que entregar. Al llegar a la casa de la niña mi madre tocó la puerta con fuerza, la madre de la niña abrió y mi madre la apuntó con la pistola y le gritó" yo soy la hija de la Locha, si! la hija de la gran puta que viene a defender a mi hija de gente como usted, que se creen que pueden insultarnos, acosarnos y pegarnos porque somos familiares de la Locha. Si señora mi Madre es la señora Eloísa Velásquez la Locha, y sepa usted señora, que, si para mañana usted no regresa a ese colegio y le da una disculpa pública delante de todo el colegio a mi hija, me veré obligada a regresar y enseñarle qué clase de hija de puta soy. Y por la directora no se preocupe que yo también hablaré claramente con ella, para que no se vuelva a atrever a mandarme una carta pegada en el uniforme de ninguna de mis hijas". Ese día entendí que clase de negocio tenía mi abuela Eloísa y también supe, hasta donde mi madre era capaz de llegar para defendernos. Siempre me he sentido muy orgullosa de mi madre, y ese día mucho más. Siempre me sentí protegida a su lado. Si ella me decía que todo estaba bien, así era, no existía ninguna duda en mí. Al día siguiente, cuando apenas llegamos al colegio, y antes de romper filas e ir cada grupo a sus aulas, la mamá de la niña y la directora leyeron una nota de disculpa por la ofensa cometida contra mi persona, pero la historia del incidente ya se sabía en todo el colegio. Durante el resto del año escolar nadie se metió conmigo para molestarme. Fue un buen año.

De alguna manera, siempre y desde muy pequeña supe que era una niña diferente, aunque no podía identificar diferente en que. Recuerdo que desde niña sabía que no iba a ser mamá y siempre se lo dije a mi madre. Que sería Doctora, que no me casaría, que no tendría hijos y que yo la cuidaría y la curaría. Desafortunadamente las circunstancias no me permitieron cumplir mis sueños, y con los limones que la vida me dio hice limonada. Recuerdo también que para mí era difícil ponerme vestido. Aceptaba el uniforme del colegio, porque ni modo, era el uniforme del colegio, pero nada más. Tampoco me gustaban los zapatos de lacitos o trabita, que odio les tenía y a esos sí que les inventaba toda clase de excusas, me molestaban por todos los lugares posibles con tal de que mi pobre madre no me los comprara, y creo que mi madre ya más o menos sabía lo que pasaba, porque en mi familia, los adultos lo supieron mucho antes que yo. Yo no sabía ni entendía por qué, ni en que era diferente a otras niñas, hasta que pasaron muchos años y fue durante mi adolescencia que descubrí mi orientación sexual y no conté con nadie para guiarme apropiadamente en la vida. No para cambiar mi forma de sentir o pensar, sino para ayudarme en el proceso de aceptarme y amarme más a mí misma, aunque fuera diferente. Porque ha este mundo no he venido a llenar las expectativas de nadie, sino a ser feliz tal y como soy.

También recuerdo que cuando éramos niñas, todas las tardes mi madre nos obligaba a ir a saludar a mi abuela Eloísa a su estudio de pintura. Ese era su pasatiempo favorito, pintaba al óleo y tenía mucho talento para la pintura y contaba con la ayuda de un dibujante para figuras humanas que le eran un tanto difíciles, por lo demás los paisajes, las flores y frutas le eran fáciles, tenía un don natural, con uno o dos pincelazos los colores afloraban con tal facilidad, que no podíamos más que admirar su destreza. Me acuerdo de haber visto en su casa cuadros muy hermosos, entre ellos una colección de payasos con caras expresando distintos estados de ánimo y con llamativos maquillajes. También recuerdo que todos los nietos hicimos en algún momento una pintura mal hecha, que luego mi abuela borró para seguir con sus pinturas. Tampoco recuerdo crecer con el morbo de los cuerpos desnudos, porque mi abuela Eloísa contaba entre sus cuadros con varios cuadros de mujeres y hombres desnudos como por ejemplo "Las tres gracias y El David", y no era motivo de morbo, eso no era para mi nada del otro mundo, ya que nadie le prestaba mayor atención.

Crecí en un entorno familiar enriquecido por las artes, música, buena literatura, pinturas y baile. Yo aprendí a bailar desde muy pequeña en casa con mi madre, que nos decía que el baile era una destreza social necesaria, que teníamos que aprender, y hoy en día le digo a mis amigos que verbo mata a carita, pero que el buen bailador mata a los dos. Vienen a mi memoria las sesiones de baile con mi madre y los distintos ritmos y los discos de moda. Mi madre en nuestros cumpleaños compraba los discos LP de los cantantes o grupos que le gustaban y nos lo regalaba. Era una picarona. Los discos eran para ella, pero nos hacía creer que eran nuestros, aunque al final los disfrutábamos todos. Era muy joven, casi una niña.

Mirando hacia atrás en el tiempo, veo que mi madre era muy joven, y mis hermanos y yo disfrutamos mucho de esa juventud, porque con ella aprendimos a montar a caballo, bicicleta, a saltar los charcos que dejaba la lluvia en media calle tratando de llegar hasta el zaguán de la casa, o irnos al cerrito del Carmen con los carritos hechos de madera y las rueditas hechas de cojinetes y dejarnos ir en la bajadita y timonearlos con un lazo, los domingos de idas al cine y a comer. Los domingos que por la lluvia no se podía salir, nos tirábamos todos en la sala con las colchas y almohadas para ver la tele y mi madre preparaba una torre de tostadas a la francesa para llenarnos no solo la panza sino también el espíritu de amor. Nunca más las tostadas a la francesa tuvieron para mí, el delicioso sabor de las que hacía mi madre. La otra chuchería era ir a comprar unos heladitos que vendían en la 17 calle y 11 avenida de la zona 1 en una tienda en la que siempre había que hacer cola para comprarlos, eran de vainilla y una tirita de fresa. Eran deliciosos. Todavía recuerdo su sabor.

Mis años junto a mi madre están llenos de recuerdos que se convirtieron en el refugio más feliz de mi existencia, al que regreso cada vez que estoy triste, cuando tengo un problema o cuando alguien me rompió el corazón.

También hubo momentos en que mi mami me rompió el corazón, como cuando regaló a mi gato Wilbur, al que tenía conmigo desde hacía algunos años. Un día cuando regresé del colegio Wilbur ya no estaba. No le hablé a mi mami por algunos días, porque no era la primera vez que nos quitaba una mascota. Siempre recordé a Wilbur y lamento que mis sentimientos de niña no hayan sido respetados, porque el no saber que pasó con él, ha sido motivo de tristeza. En mi vida siempre he tenido mascotas y tengo un profundo amor por los animales. Mis mascotas para mí siempre han sido los niños de casa y mis mejores compañeros. Estoy convencida de que no existen malas mascotas sino malos dueños.

Un día Neto enfermó. Mi madre no nos llevó a verlo al hospital por razones que entonces no entendíamos. Su enfermedad avanzó rápido y antes de la navidad Neto había muerto. Yo me sentía muy triste y mi madre apenas iba a trabajar. Regresaba a casa y se encerraba a llorar. La mirábamos poco y tenía los ojos siempre llorosos, unas grandes ojeras y siempre estaba de mal humor.

Después de una Navidad muy triste, el siguiente año mi madre decidió que era mejor mandarnos a un internado para señoritas fuera de la ciudad, a Chimaltenango. Para a mi hermana y para a mí, fue muy difícil. Nunca habíamos estado lejos de casa con gente extraña, al único lugar a donde mi mami nos había enviado solas de vacaciones, había sido a donde mi tío el del Salvador porque solo en él confiaba y ahora de repente, ¿por qué este cambio? me preguntaba yo. Sería que no podía con lo mucho que molestábamos y peleábamos con mi hermano?. Sí, teníamos peleas con mi hermano, y habíamos tenido un incidente antes de que nos mandaran al internado. Yo había oído a mi madre, decir que la venganza es un plato que se come frío y le pedí que me explicara, y ella me dijo que uno no debe de actuar por impulso ante una gran ofensa, si quiere venganza debe de pensarlo y dejar enfriar su cólera para pensar en cómo vengarse.

Mi hermano fue de viaje a Europa y de Inglaterra, trajo un Castillo con soldados pintados a mano y de vez en cuando jugaba con nosotras y nos daba para jugar sus soldados viejos.

Para mi hermana y para mí, nuestro juguete más preciado eran dos muñecas vestidas de novia que Neto nos había regalado una navidad, primero porque él nos las regaló y eran muy lindas y luego porque a nosotros no nos compraban muchos juguetes. En un pleito con mi hermano, el muy cobarde como no nos alcanzó para pegarnos, nos quemó las muñecas, que alcanzamos a rescatarlas y sólo las chamuscó un poco y como él era más grande y fuerte que yo, no le podía pegar, así que me tuve que poner a pensar sobre que podía hacer para vengarme. Entonces recordé que su juguete más preciado era su castillo y sus soldados. Mi venganza fue terrible. Solita vigilé su cuarto y cuando nadie me estaba viendo entre en él, abrí su castillo y a soldadito por soldadito, con mis dientes les arranqué la cabeza. Después se los volví a guardar en el castillo con todo y cabecitas. Por algunos días le estuve insistiendo a mi hermano para que jugáramos a los soldaditos. Cuando por fin dijo que sí, le dije a mi hermana Myriam, corre que nos va a matar. Nos fuimos a encerrar a nuestro cuarto y nuestra nana no sabía que pasaba. Por qué mi hermano nos lanzaba toda clase de insultos y pateaba la puerta. Hasta que llegó mi mamá para poner orden a la situación. Cuando mi hermano le dió la queja y mi mamá preguntó ¿quién fue?, yo enseguida dije que yo era la culpable. Cuando me preguntó el por qué, le contesté que ella me había dicho que lo hiciera y me grito ''!!que yo que!!'', y entonces le contesté, lo de que la venganza es un plato que se come frío. Esa noche, me acuerdo de que el castigo no fue severo, no hubo cinchazos, ni chanclas, solo fue irnos a dormir sin cenar.

Llegó el día en que nos llevaron al internado. Allí las cosas no iban muy bien, es más, iban de mal en peor para mí. Aquellas desdichadas monjas tenían la idea fija de que las asmáticas no éramos más que unas niñas mañosas, mimadas e inclencles y que aquel clima frio más las duchas frías y el aire puro curaría cualquier cosa, así que la medicina para todas las niñas asmáticas solo estaba disponible durante las horas de comida. Desgraciadamente ese era mi caso y aunque mi hermana y yo tratamos por todos los medios en las salidas de los fines de semana, de esconder mis medicamentos del asma, siempre aquellas crueles mujeres terminaban por encontrarlos, en las revisiones que hacían cada semana. Mi pobre hermana y yo terminábamos pasando noches en vela, ella dándome masajes posturales en la espalda, para ayudarme con mi ataque de asma, porque las monjas por la noche, aunque fuese emergencia y me estuviera muriendo de asma, no venían y solo se oía un concierto, de asmáticas con jipillo de pollo, como decía mi hermana. Yo por el ataque no podía dormir y amanecía agotada. Ya para el desayuno, lo único que quería era mi medicina, y como yo todas mis compañeras asmáticas.

Ese año se vino sobre Guatemala un desastre mayor, un gran terremoto y nos encontrábamos en el epicentro, mi hermana se había ido al baño. Cuando regresó al cuarto me encontró tomando mis chancletas y la colcha de mi cama. Era de madrugada, no había luz y todas gritaban, pero nadie agarraba nada con que taparse. Mi hermana me tomó del brazo y me dijo, deja eso, y le dije no, si vamos a salir hará frío afuera. La tierra seguía temblando y nosotras nunca habíamos sentido nada igual así que ni siquiera sabíamos que era. Continuábamos esperando a que las monjas se vistieran y nos abrieran la puerta para salir al patio. Cuando por fin, las monjas salieron ya vestidas y todas pudimos salir al patio nos agruparon en grupos de 6. Con mi hermana nos abrazábamos para que no nos separaran y pudimos arroparnos con mi poncho. Muchas niñas no habían sacado nada con que taparse e incluso se encontraban descalzas. Al amanecer tomamos turnos para ingresar al edificio corriendo para sacar ropa y luego nos vestíamos. Afuera, algunas niñas lloraban y las más grandes las consolaban. Las monjas solo nos ponían a rezar y nos decían que todo iba a estar bien que lo que había sucedido había sido un terremoto y que era un castigo de Dios, por la maldad de los hombres. Qué nos preparáramos porque había muchos muertos en el pueblo y que más tarde había que ir a ayudar. Para comer solo se nos repartió pan y café. Poco a poco empezaron a llegar los familiares de las demás compañeras a recogerlas y se oían las terribles noticias en una pequeña radio de las monjas, que hablaban de miles de muertos. Mientras, mi hermana y yo seguíamos esperando por mi madre, cada vez más angustiadas. Nos abrazábamos y llorábamos por no saber nada de ella. Al siguiente día, las pocas alumnas que quedábamos, fuimos a ayudar un poco al pueblo a las afueras del hospital, repartiendo agua y pan. Pudimos ver los horrores de las heridas causadas por el adobe, las tejas y las láminas, materiales de construcción usados en esa época. Ninguna de las alumnas del colegio estábamos preparadas para ver tanta gente en esas condiciones médicas y tiradas a afuera del hospital. El hospital estaba colapsado por tantos heridos. Las calles rotas y las casas en el suelo eran las imágenes de la devastación. Mientras viva, no olvidaré esas imágenes. Se miraban muertos por doquier y personas trabajando y ayudando en las labores de rescate. Myriam y yo nos mirábamos sin hablar, pensábamos lo peor, ya que nuestro hogar era en un edificio, en un primer piso.

Después de dos días, mi madre acompañada de mi prima de crianza, que era también su ahijada, llegó por nosotras,. Traían con ellas a un pobre hombre en una tabla a modo de camilla, que gritaba de dolor, junto a otras personas, que llevaban al hospital más cercano. Mi madre al vernos nos abrazó a las dos al mismo tiempo y nos apretó muy fuerte y nos dijo que nos amaba muchísimo y rompió en llanto, luego nos dijo, que había estado muy angustiada porque no sabía si iba a encontrarnos vivas. Pocas veces vi a mi madre así. Nosotras nos abrazábamos a ella y llorábamos juntas.

La experiencia del terremoto del 4 de febrero de 1976 marcó mi vida, así como la vida de muchos guatemaltecos. Sacó lo mejor de la gente y las comunidades se ayudaron entre sí, pero también estalló la delincuencia. Los vecinos tuvieron que unirse, para cuidarse y racionar los productos básicos para asegurarse que todos pudiéramos tener acceso a los alimentos. Fueron tiempos de aprendizaje.

Las siguientes semanas después del terremoto fueron difíciles para todos. Una de las casas de mi abuela se derrumbó y según entendí casi pierde la vida. Mi madre la sacó justo a tiempo de la casa del negocio.

Había muchos ladrones por lo que mi madre trataba de que por las noches durmiéramos en grupos más grandes, y para mayor seguridad, ella velaba y vigilaba, pistola en mano. Las semanas se fueron convirtiendo en meses y pronto empezamos a oír que regresaríamos a terminar nuestros estudios al internado. Mi hermana trataba de tranquilizarme diciéndome que sería por muy poco tiempo, porque el año escolar estaba por terminar. Efectivamente así fue, regresamos a ese infierno por poco más de un mes. No muchas compañeras lo hicieron y antes de que nos diéramos cuenta, ya estábamos de regreso en casa y ya no volvimos a ese lugar.

Durante las vacaciones, mi madre se inscribió en la Universidad de San Carlos de Guatemala, en unas clases nuevas para adultos, en un programa que iniciaba, llamado "Bachillerato por Madurez". Allí conoció a una señora que le habló sobre la educación en el Instituto para señoritas Belén y le propuso que sus hijas nos hablaran sobre el Instituto. Después de conocerlas nos hicimos amigas y nos convencieron para que mi madre nos inscribiera en el Instituto Belén. Tanto para mi hermana como para mí, ir al Instituto público fue un gran cambio, sorpresivamente agradable, especialmente porque allí, a nadie le importaba quienes éramos. Había tantas alumnas en cada aula, que lo único importante, por lo menos para mí, era poner atención y tener ganas de aprender. Siempre me destaqué por ser muy buena estudiante. Ese no era el caso de mi hermana y allí había muchas distracciones para Myriam, pero seguía siendo mi protectora. Allí me pusieron un nuevo apodo, "Polilla de Biblioteca", porque no salía a la hora del recreo y me quedaba estudiando en la biblioteca.

Durante ese tiempo, mi madre se encontraba contenta estudiando por las noches en la Universidad. Me causaba tanta admiración, porque a pesar de su cansancio, porque no solo trabajaba en el Congreso de la República, sino también hacia tesis, traducciones juradas de español a francés, de español a inglés y viceversa, se esforzaba por superarse.

La que no pareció feliz con esto, fue mi abuela Eloísa, que empezó a presionar más a mi madre. Primero le aumentó la renta del apartamento que se suponía ya le había dado. Pero mi abuela nunca regalaba nada, todo era a cambio de algo y eso es lo que la gente que está fuera de la familia siempre ha ignorado. Y como Neto mi padrastro ya no estaba para hacerle favores legales y políticos a mi abuela, y defender a mi madre de ella, mi abuela se sentía más libre para presionar a mi madre.

Con mi abuela Eloísa alrededor, nadie pudo tener alas propias para remontar el vuelo. Hasta sus pájaros de bellos plumajes y de mil cantares vivían en jaulas. Sus mascotas preferidas eran los perros French Poodle y sus hijos de crianza, que siempre tuvieron la cadena corta y los sueños hechos pedazos. Mi madre no fue la excepción.

Cuando el chantaje de la viejecita cansada empezó a repetirse día a día, mi madre empezó a dedicarle más tiempo, forzándose a dormir cada día menos y siendo obligada a pagarle más dinero por renta. Pero mi madre no renunciaba a su deseo de una vida mejor y a pesar de todo, seguía adelante con su trabajo y sus estudios.

Al enterarse que mi abuela Flor se encontraba enferma, mi tío el del Salvador y mi madre se van de viaje a la ciudad de México. Yo solo esperaba que la ausencia de mi madre no fuese prolongada. En unos días se encontraba de vuelta y nos contó sobre los detalles de su viaje, de mi abuela Flor y del acercamiento que tuvo con ella y con sus otras dos hermanas que no había visto desde hacía muchísimos años. Nos advirtió que pronto mi abuela Flor con una de sus hermanas vendrían de visita y que deseaba que la hiciéramos sentir orgullosa con nuestro buen comportamiento.

Mi madre se encontraba ilusionada por ese acercamiento con mi abuela Flor. Yo me sentía pesimista al respecto. Desde pequeña he tenido un sexto sentido para detectar la maldad en la gente. Cada vez mi madre nos daba más información acerca de mi abuela Flor y de su hermana, y nos advirtió que su hermana era extremadamente obesa y que deberíamos reaccionar normalmente cuando la conociéramos. Que saldríamos a la calle de paseo con ellas y que esperaba un buen comportamiento de nuestra parte, como nos había enseñado, o que nos atuviéramos a las consecuencias como ya sabíamos. Mi imaginación empezó a volar y lo comentaba en voz bajita solo con mi hermana en nuestro dormitorio, para que ni el chismoso de mi hermano nos oyera. Con la puerta cerrada, sobre la cama y con las almohadas adentro de los pijamas fingíamos ser la hermana de mi madre y nos tapábamos la boca para apenas dejar salir unas risitas.

A mi abuela Flor ya la conocíamos en foto, pero no sabíamos cómo lucía en ese momento. Finalmente, mi abuela Flor llegó. Su hija era muy alta y obesa y también muy amable con nosotras, pero cuando me abrazó, me sentí muy pequeña y en los brazos de un enorme hombre de las nieves. En cambio, el saludo de mi abuela Flor, fue frío y seco. Venía en su papel de víctima, esperando beneficios y atenciones de todos los hijos que un día abandonó y de quienes hasta ese día parecía acordarse de que existían. Mi abuela Flor traía el pelo pintado de un color zanahoria, algo nunca visto hasta entonces en Guatemala.

La llegada de ellas coincidió con la llegada de mi tío del Salvador que llenaba de atenciones por igual, tanto a mi madre como a mi abuela Flor. La estadía de mi otra abuela en Guatemala para nada agradaba a mi abuela Eloísa y se podía respirar la tensión en el ambiente cuando las dos abuelas se encontraban juntas.

Las recién llegadas tuvieron a bien hospedarse con una hermana de mi madre. Mi hermana enseguida le puso apodo a mi abuela Flor, "LA TARANTULA", con el cual yo estuve muy de acuerdo, y así nadie sabría cuando hablábamos de ella. La estancia de tan incómoda visita duró casi las tres semanas, que las sentimos como un siglo, ya que mi madre dedicó casi todo su tiempo disponible a ellas.

Mi abuela Eloísa no podía disimular su molestia y disgusto ante la presencia de mi abuela Flor, pero se sentaban a comer en la misma mesa y mi abuela Flor siempre era la invitada de mi abuela Eloísa, rodeadas por sus hijos y nietos. La tensión era evidentemente profunda. Los nietos nos sentíamos más cómodos con mi abuela Eloísa, situación que ella aprovechaba a su favor para incomodar a mi abuela Flor. Aunque se notaba que a mi abuela Flor le disgustaban los niños.

Tiempo después, mi madre empezó con los preparativos de la fiesta de 15 años de mi hermana Myriam. Creo que a mi madre le hacía más ilusión que a mi hermana. Mi abuela Flor la convenció de que en la Ciudad de México conseguiría un vestido más lindo y barato que en Guatemala, así que mi madre de nuevo, acompañada de mi tío, el del Salvador, viajó a México a comprar todo lo necesario para que mi hermana se pusiera y luciera en la fiesta de sus 15 años.

Recuerdo el regreso de mi madre de ese viaje, la ilusión con la que le mostró a Myriam el hermoso vestido blanco con rosas rosadas bordadas, los zapatos, los guantes rosados con encaje y una tiara muy fina, junto con un pequeño libro que llevaría mi hermana en las manos. Mi madre también le había comprado su primera joya, era un anillo lindo y con la piedra que representaba a los nacidos en el mes de octubre. Todo estaba muy fino y mi hermana estaba contenta de ver todas las bellezas que le habían comprado.

La felicidad duró poco porque la salud de mi madre empezó a menguar y en su rostro se reflejaba un marcado deterioro. Las ojeras regresaron. A duras penas mi madre logró graduarse del Bachillerato por Madurez, haciendo historia, como la primera generación egresada de la Universidad de San Carlos de Guatemala. Este logro la hizo sentirse muy feliz y a mi cada vez más orgullosa de ella. Espero haberle dicho suficientes veces, lo mucho que la amaba y lo mucho que la admiraba. Hoy siento no habérselo dicho a diario.

La salud de mi madre empeoró y fue internada en el IGSS. Me sentí muy asustada y confundida. En ese hospital solo me permitían verla a través de una ventana, porque decían que tenía Hepatitis y era contagioso. Los adultos de la familia dijeron que ese diagnóstico estaba equivocado, porque mi madre padecía de otra enfermedad más grave, relacionada a su incidente en Montreal, Canadá. Que no había querido decir nada, pero que ella tenía unos documentos que trajo del hospital de Canadá, con su diagnóstico de Lupus Eritematoso y la prognosis de dos años de vida, y como único tratamiento 40 mg de Cortisona diarios para mantener algunos de los síntomas en control, y que esta era una enfermedad impredecible e incurable. En los últimos meses, ella había estado ayudando a mi abuela Eloísa en el negocio, con el manejo y cierre de la caja cada noche, situaciones que yo pienso fueron empeorando su salud.

Mi madre salió del IGSS, porque allí no estaban haciendo nada por ella y en un hospital privado se le practicó una biopsia del hígado. Los resultados fueron muy desalentadores. Luego, mi madre es ingresada a un hospital de beneficencia, ya que no contábamos con los medios económicos para pagar por un hospital privado y ni mi abuela Eloísa ni mi Abuela Flor lo harían. Así que la ingresan en el hospital de beneficencia Las Margaritas, hospital que pertenecía al Hospital Herrera Llerandi, donde trabajaba el Doctor que era el amante de turno de una de las hermanas de mi madre. Las visitas fueron autorizadas solo para nosotros sus hijos y para mi abuela Flor, quien había dicho que no contaba con los medios para pagar y que vivía en México. Mi hermana y yo íbamos todos los días para acompañarla y ayudarla en lo que necesitaba, como ir al baño, a bañarse, a darle de comer o cuando tenía su menstruación mi hermana le cambiaba su toalla sanitaria, porque yo de eso no sabía nada y nadie me había hablado de eso todavía. Recuerdo que mi tío del Salvador se encontraba muy preocupado por mi madre. También recuerdo con cariño y agradecimiento, a una amiga de mi madre que pasaba a diario a verla un rato y cuando se despedía de ella le daba un beso en la frente y debajo de su almohada le dejaba un billete de Q100.00 para que le compráramos lo que necesitara. Con ese dinero le comprábamos su crema para el cuerpo, su loción Jean Nate y, sus antojos de comida que, aunque nos habían dicho que solo podía comer lo que tenía ordenado en su dieta, mi hermana me decía que la consintiéramos con todo lo que se le antojara, porque a ella solo le hacían exámenes, biopsias y le sacaban sangre y no le daban tanta medicina y que mi madre no estaba mejorando. Con ese dinero también comíamos nosotras y pagábamos nuestro transporte público, porque a todos los adultos se les había olvidado que éramos unas niñas. Ni siquiera nos preguntaban como estábamos o si habíamos comido. Era como si con la ausencia de mi madre, nosotras también habíamos dejado de existir.

Mi abuela Flor llegó solo dos veces a visitar a mi mamá. En la primera visita se encontró con la amiga de mi madre que le dejaba el dinero debajo de la almohada. Mi abuela Flor aprovechó la oportunidad, tomó el dinero y sin decir nada sobre el mismo se marchó. En la segunda ocasión pensó que podría hacer lo mismo. Llegó antes de la hora en que la amiga de mi madre solía aparecer. La amiga de mi madre llegó y luego de un rato se despidió de mi madre, como acostumbraba, dándole un beso en la frente. No puso el dinero debajo de la almohada, sino que llamó a mi hermana Myriam para afuera del cuarto, y le entregó el dinero en su mano. Mi abuela Flor supo que le habíamos adivinado la jugada.

Mi abuela Eloísa, a escondidas entró una sola vez a ver a mi madre al hospital, pero para entonces ya mi madre se encontraba muy mal. Mi abuela Eloísa fue advertida por el Doctor para que por favor no lo volviera a hacer, porque ponía en riesgo, no solo el trabajo del Doctor, sino la propia estadía de mi madre en el hospital. Los días y semanas fueron pasando y la situación de mi madre fue empeorando, lo mismo que el trato de mi abuela hacia nosotras, que se fue tornando más cruel.

Un buen día mi abuela Eloísa y mi tía de crianza nos llevaron a un almacén de ropa. Pensé que como ya estábamos creciendo habían notado que la ropa nos empezaba a quedar apretada y los pantalones algo cortos, pero no, nuestra sorpresa fue que muy seria, pero con fuerte voz, mi abuela le dijo a la señorita que trabajaba en la tienda, "por favor, dele ropa negra a estas patojas, que ya su madre está por morir y la necesitarán para el funeral y el entierro". Lo único que yo quería era salir corriendo de allí. Dónde podía caber tanta crueldad. Éramos solo unas niñas. Mi hermana me abrazaba y me decía quedito, ''no dejes que esta arpilla mire tus lágrimas''.

Mi madre nos dijo que quería ver a mi hermano, que necesitaba hablar con los tres, que era importante. De ante mano sabíamos cuál iba hacer la respuesta, porque mi hermana había estado insistiéndole para que fuera a ver a mi madre, pero él, nos daba toda clase de excusas con tal de andar con las mujeres del negocio de mi abuela y andar tomando, cuando apenas contaba con 17 años. Mi hermana le dio el mensaje de mi madre y le urgió a que fuera a verla, porque el estado de salud de ella era cada día más precario y temíamos lo peor, él simplemente, la ignoró una vez más.

Cuando nos presentamos al día siguiente ante mi Madre, tuvimos que decirle que él no quería venir. Que por favor nos dijera lo que tenía que decirnos, porque ya ella se había enfrentado tres veces a estados de coma, en los que había permanecido por muchos días inconsciente y queríamos que estuviera tranquila.

Las últimas palabras coherentes y consientes de mi madre fueron, "SI TUVIESE EL PODER, LOS METERÍA EN EL MISMO CAJON DONDE ME VOY A IR, PORQUE LOS DEJO ENTRE UN NIDO DE BUITRES".

Después de ese día mi Madre cayó en estado de coma y quedó inconsciente. Siguió en el hospital y su cama la inclinaron con los pies hacia arriba, su pulso era muy débil y de su boca apenas salía un leve quejido. Mi hermana y yo sabíamos que el final estaba ya muy cerca. Muchas veces había rogado a Dios que no la dejara sufrir más, pero al verla así tan cerca de la muerte, sentía que me arrancaban el corazón y no podía respirar del enorme dolor que esto me causaba. Mi hermana parecía estar más fuerte o talvez era, que no quería mostrar lo que por dentro llevaba.

Tres días después, el Doctor nos dijo que habláramos con mi abuela Flor, haciéndole saber que cuando mi madre falleciera no sería necesaria la autopsia, y que podíamos, si así lo decidíamos mi abuela y nosotras, llevarla a morir en paz a nuestro hogar. También nos advirtió que tardaría unos días, porque ella era una mujer muy joven, con un corazón fuerte. En realidad, toda esta información se la llevamos a mi tía de crianza que era la mano derecha de mi abuela Eloísa y empezaron los arreglos para transportar a mi madre a casa. Que lejos estábamos mi hermana y yo de conocer los planes de mi abuela Eloísa.

Mi Madre pertenecía a una organización llamada Rosacruz. Su base principal es que creen en la reencarnación. Por eso, para ella era importante terminar su ciclo en la tierra, para reencarnar en su nueva vida. Eso implicaba que no la ayudaran a morir.

Puedo recordar los detalles de la llegada de mi madre a casa, como si fueran hoy. Llegó en una ambulancia como al medio día. La esperábamos mi hermana, mi tía de crianza y yo. La cama se encontraba lista, con sabanas nuevas de algodón de color blanco. El camisón nuevo, de color beige que se le iba a poner, yacía sobre la cama y mi tía lo acariciaba y le decía a mi madre que, "como era posible, si ella la había recibido de escasos días de nacida, le había cambiado sus primeros pañales y ahora la tenía que vestir para su despedida de este mundo". Las tres llorábamos, mientras ayudábamos a mi tía a vestir su cuerpo tan lastimado por tanto examen al que había sido sometida en el hospital. Sabíamos que eran las ultimas veces que la estábamos viendo viva. De su boca salía un fino hilo de sangre que yo limpiaba con un pañuelo constantemente, sabía que el final estaba cerca.

Luego llegó a casa mi abuela Eloísa, seguida de mi abuela Flor y los hermanos y hermanas de mi madre y demás parentela. Se fueron asomando tal como dijo mi madre, como Buitres. Yo esperaba a mi tío el del Salvador y a sus hijas mis primas, y a mi tía paterna, que fue la que primero se hizo presente. Me senté al lado de ella y ella trataba de consolarme, aunque sabía que para esa pérdida no existe consuelo. A cada rato entraba al cuarto de mi madre, tratando de cuidarla y protegerla. Mi casa empezó a lucir, como las ventas del mercado y cada uno empezó a tomar nuestras cosas, con la excusa de que a mi madre le hubiese gustado se lo llevaran de recuerdo. Como si el hecho de que mi madre estuviera tendida en su cama, agonizando, fuera una fiesta.

Luego mi abuela dio instrucciones a la funeraria para colocar el féretro en la sala, con mi madre aún agonizando en su cuarto, como para apresurar el proceso. Todos callaron ante aquella infamia, ante aquella crueldad. Los buenos, los justos. Nadie alzó una voz por nosotras, ni por la mujer que se encontraba agonizando y ya no tenía voz propia. Pero eso no fue suficiente maldad, tenían que llegar más lejos, tenían que enterrarnos el cuchillo más hondo, para asegurarse que nos recordáramos de ese día para siempre. El Doctor, amante de la hermana de mi madre, por petición de mi abuela Eloísa, escribió y firmó la receta para dos inyecciones, que terminarían con la vida de mi madre esa noche 13 de noviembre de 1978. Fue el canalla de un hermano de mí mamá, el que fue a la farmacia a surtir dicho medicamento y las respectivas jeringas. No valieron las súplicas de mi hermana y mías al enterarnos de dichos planes. Nos sacaron del cuarto e inyectaron a mi madre, aún sabiendo mi abuela Eloísa, las creencias de mi madre, teniendo posesión de los casetes de las clases de rosacruz de mi madre y de las cartas con los deseos explícitos de mi madre. Cuál era la prisa. A quien molestaba la vida de mi madre.

Mi madre murió después de la segunda inyección, minutos después de que mi tío el del Salvador entrara por la puerta corriendo y nosotras siguiéndolo. Sudando y llorando con un desasosiego que llenó la habitación, tomó el pie izquierdo de mi madre y lo apretó y le dijo, aquí estoy Neca, aquí estoy hermana. En el cuarto se oyó un profundo sonido de expiración salir de mi madre y todos supimos que había muerto a las 10 con 15 de la noche.

Como parte de los siete principios de los Rosacruces, que no hay causa sin efecto, el médico que inyectó a mi madre, murió estando con su amante en la cama, un mes después de haber asesinado a mi madre.

Pero esa noche, permanece en mi memoria y en mi corazón como una braza ardiente que me quema. A través de los años he comprendido, que no importa enfrentarme al mundo para no callar ante una injusticia. Porque esa noche, justos, buenos y religiosos, todos callaron y obedecieron a la maldad de mi abuela Eloísa y se convirtieron en cómplices de un asesinato. Tal vez esa sea la esencia misma que me pide que cuente mi historia. Este acto que siendo aún una niña presencié, cuando supliqué para que no lo realizaran e ignoraron mis súplicas. Quiero ser la voz de mi madre. Voz que no pudo tener desde esa cama de agonizante y así encontrar algo de justicia para ambas.

Mi abuela Eloísa dio la orden para hacer la llamada a los servicios funerarios. Y sin dejar siquiera enfriar el cuerpo de mi madre, la colocaron en su féretro. Lo único que cumplieron de sus peticiones, fue colocar en su dedo, el último anillo que mi padrastro Neto le había regalado.

Se supone que es en estos momentos, cuando faltan los padres, que los padrinos, deben tomar la responsabilidad de sus ahijados. Pero yo estaba en serios problemas con los padrinos y madrinas que me habían elegido. Mi madrina de bautizo era mi abuela Eloísa y mi padrino uno de los hermanos de mi madre, que era muy malo. Y mi madrina de confirmación era mi abuela Flor.

Mi abuela Eloísa, nos ordenó que nos cambiáramos a ropa negra. Yo solo lloraba, nunca había sentido un dolor igual. Sentía que me habían arrancado el corazón de un tajo y no podía dejar de llorar. Nos llevaron a la funeraria, pero mi hermana y yo sabíamos que ya a nadie le importábamos y solo nos sentamos cerca del féretro de mi madre, aunque sabíamos que ella ya no estaba allí. Al otro lado del féretro estaban sentadas mis dos abuelas, vestidas de negro y usando lentes oscuros, claro, para esconder su falsedad. Poco a poco fueron llegando los familiares, las amistades de mi madre y los conocidos de mi abuela Eloísa, así como los arreglos de flores y coronas. Mi hermana y yo solamente saludábamos a personas muy cercanas a mi madre. No queríamos participar del teatro, que tanto le gustaba a mi abuela Eloísa. Nadie se preocupó de si habíamos comido, hasta que una prima nos ofreció comida. Y nos invitó a un ceviche y una cerveza compartida entre mi hermana y yo, que apenas teníamos 15 y 13 años.

Después de un largo funeral, llegó el día del entierro, que fue igualmente doloroso. Con mi hermana tratábamos de evitar que mi abuela nos incluyera en la línea para recibir el pésame. Que al final, eran un montón de personas que ni conocíamos y no sentían nada.

Antes de su regreso a México, mi abuela Flor quiso llevarse con ella, el hermoso vestido de quince años de Myriam, como estaba nuevo, porque mi hermana no quiso ni tener una misa de 15 años, porque sin mi Madre presente, no teníamos razones para celebrar. Mi hermana muy enojada, me dijo que ese vestido mi madre lo había comprado con mucho esfuerzo e ilusión y no iba a dejar que la tarántula se lo llevará. Así que a escondidas lo sacó de la caja en que venía empacado, lo metió en dos bolsas y lo fuimos a vender. Las demás cosas que mi madre le compró a Myriam no las volvimos a ver.

En mi vida adulta he aprendido a ir a un funeral, solo cuando las personas son realmente mis amistades y a decir lo siento, cuando mis sentimientos son sinceros. Mis experiencias de niña me han enseñado que no es importante la religión que profeso, sino la fe que tengo en Dios.

En los días siguientes, yo me sentía abrumada por una enorme tristeza, no sentía ganas de nada, ni siquiera de salir de la cama, todo mi mundo se había derrumbado. Ahora vivíamos con mi abuela Eloísa y ya se nos había despojado de todas nuestras pertenencias, hasta las de mi madre. Lo peor estaba por venir. Un hermano de mi madre nos trajo la peor desgracia a mi hermana y a mí. Este infame, sabiendo que a nadie le importaba si íbamos o veníamos, aprovechó la oportunidad para acorralarnos. Nos golpeó, ultrajó y violó. Aquella bestia sin conciencia, sin espíritu, nos dejó, no solo cicatrices físicas sino psicológicas, que nos acompañarían por el resto de nuestras vidas.

Mi hermano pudiendo ayudarnos, no hizo nada. Permaneció sordo ante nuestros gritos, pidiendo auxilio, mientras éramos golpeadas y violadas. Estando tan cerca, en la habitación de al lado, se hizo el sordo. Todo lo sucedido nos marcó para siempre, lo peor fue que todo esto debimos mantenerlo en secreto, sobre todo de mi abuela Eloísa por nuestra propia seguridad, porque si se enteraba terminaríamos siendo forzadas a trabajar para ella. El daño ya estaba hecho, pero trabajar de putas, nunca. Las secuelas de todas las cosas horribles que habíamos vivido nos traerían muchos más problemas y traumas de los que podíamos imaginar. Solo éramos unas niñas lidiando con problemas de adultos. Sobreviviendo entre buitres. Era imposible siquiera imaginar todo lo que hasta ese momento habíamos vivido. Lo que traería a mi vida, sus consecuencias y el tiempo que tomaría curar mi cuerpo y mi mente de todo el veneno del que la familia de mi madre me había llenado.

El mayor de mis problemas inmediatos fue la negativa de mi abuela Eloísa, de comprar mi medicina para el asma. Esto obligó a mi hermana a robar y vender nuestros propios libros, que mi abuela había agregado a su biblioteca, para poder comprar mi medicina, porque el asma con la muerte de mi madre se había complicado mucho más. Las entradas al Hospital General, que para ese entonces eran unas galeras en el Parque de la Industria muy deprimentes, eran continuas por mis ataques de asma y mi única compañera era mi hermana, que me ayudaba como podía. ¡Cada una vivíamos nuestro propio infierno! Ni entre nosotras hablábamos de lo que sentíamos o de lo que nos pasaba. Teníamos miedo de hablar y de que nos oyeran. Preferíamos no hablar de ciertos temas.

A los pocos meses recibimos otra mala noticia, mi tío el del salvador, había sufrido un accidente de automóvil, había colisionado de frente con un camión y había muerto, eso fue para nosotras devastador.

Después de un tiempo recibimos el ofrecimiento de ayuda de una tía política en el extranjero, pero solo para una de nosotras, ya que tenía tres hijos. Decidimos que se fuera mi hermana. Yo notaba cambios en ella que me preocupaban y quise alejarla del ambiente tan nocivo y perjudicial en el que nos encontrábamos, ya que cada vez que nos cruzábamos con mi abuela Eloísa, ella nos insultaba o nos decía que ya iba siendo hora de que fuésemos a trabajar a su negocio, porque por dos patojas tan jóvenes y vírgenes, podría conseguir una buena oferta.

Mi corazón estaba lleno de tristeza, pero empezó a llenarse también de sentimientos nuevos para mí, de odio y resentimiento. Aunque seguí estudiando, busqué empleo con la ayuda de mi tía de crianza, porque aún era menor de edad y así fue como apenas pude cubrir mis gastos más inmediatos y mi hermana me ayudaba con lo que podía enviarme desde el extranjero.

Hasta que un día la tristeza pesó tanto en mi corazón, que no pude más, y me tomé frasco y medio de pastillas de Diazepám, que había guardado de mi madre y me corté las venas y no supe más de mí. Desperté en el Hospital General, no sé cuántos días después. Amarrada a la cama, dándome cuenta de que había fallado y sintiéndome enojada conmigo por seguir en este mundo. No quería hablar con nadie, menos comer. De vez en cuando llegaba la trabajadora social a tratar de hacerme hablar, pero yo no quería hablar, ni ver a nadie. Había llegado a mi límite. Mis pensamientos eran fijos en una sola idea. Al salir de allí me tiraría del puente y ya eso resolvería mi problema. Aunque a lo lejos, había una vocecita que me repetía las palabras que mi madre decía cuando hablaba de mi padre, "solo los cobardes se suicidan". Pero yo la hacía callar.

Frente a mí, llegaba una muchacha joven a visitar a una persona mayor. Después me enteré de que era su tía, porque me lo contó cuando empezó a visitarme también. Al principio no le hablaba, pero fue ganando mi confianza y todo por una gelatina que me trajo. Poco a poco le fui contando mi historia y me dijo, que no me iba hablar de Dios, porque yo no quería oír nada de él, pero que a veces podemos usar esos sentimientos negativos como el odio, como un motor para salir adelante y demostrarle a todos aquellos que nos hicieron tanto daño, todo lo que valemos. Que podrían romper nuestro cuerpo, pero nunca, nuestro espíritu. Que no me rindiera, porque en mí, vivía un pedacito de mi madre. Que luchara. Ella fue el ángel que Dios y mi madre me enviaron para que abriera mis ojos y le diera un cambio a mi vida. Mi corazón estaba lleno de odio contra mi familia, contra todos aquellos que me habían hecho tanto daño y, sobre todo, tanto daño a mi madre y a mi hermana. Seguí llenando mi corazón de odio y rabia y convertí esos sentimientos en mi motor para salir adelante. Por muchos años alimenté esos sentimientos en mi corazón.

Cuando salí del hospital, con varias libras menos y con el dinero justo para el pasaje del autobús, pero con el corazón dispuesto a seguir luchando por salir adelante, llegué a la casa de mi abuela Eloísa. Me recibió preguntándome que en que burdel había estado trabajando. Armándome de coraje le contesté, "váyase a la mierda, que lo único que hace es insultarme". Se quedó muy sorprendida. Ya no me dejaría humillar nunca más.

La vida en casa de mi abuela Eloísa se hacía cada vez más difícil. Un día recibí el mensaje de ella de que tenía que bajar a la celebración del fin de año en el negocio, celebración a la que solo los adultos de la familia asistían, porque según había oído también venían los clientes más antiguos y acaudalados de mi abuela. La sola idea me provocó miedo. Mi prima de crianza me había dicho, que mi abuela había amenazado con echarme a la calle sino asistía. Tampoco podía irme a la calle, y faltaban pocas horas para tal evento. No sabía qué hacer. Me tuve que armar de valor y asistir a aquel bar esa noche. Me senté en una esquina como para permanecer oculta. Conocía los rostros de algunas de esas mujeres, porque en algún momento llegaron a mi casa a hablar con mi madre, pero nunca las había visto tan bonitas ni tan arregladas con sus vestidos largos y hermosos peinados. Al verme y reconocerme sólo me sonreían. Un hombre mayor ya con sus tragos caminó hacia mí y me dijo ''Que te tomas''. Enseguida dos de aquellas mujeres se acercaron a mí y le dijeron '' ni te acerques a ella, es una de las hijas de la Neca''. Lo dijeron en voz alta para que lo oyeran todos. Otra me dijo ''no se preocupe, nosotras la cuidaremos. Aquí entre nosotras no le pasara nada''. Me sirvieron una soda y después de la media noche me pude ir a mi cuarto, sabiendo todo lo que aquellas mujeres quisieron y respetaron a mi madre, tanto que algunas veces ellas mismas me compraron las medicinas para el asma.

Mi segunda oportunidad de trabajo se presentó en las manos de otro ángel que conocí en La Cruz Roja Guatemalteca, ya que muchas veces fui allí por mis ataques de asma. Primero me trató como paciente y luego mi tía de crianza a largos rasgos le explicó mi situación. Al paso de algunas semanas mi Doctora me brindó su amistad. De ella aprendí muchas cosas. La Doctora sabía de mis sueños de ser médico y me animaba a seguir estudiando y me decía que no necesitaría libros, porque ella me daría los suyos y que contaría con ella para guiarme en los estudios. Ella sabía que mi situación en casa de mi abuela Eloísa era terrible y cuando le conté que mi hermana se había ido a México, me aconsejó que me fuera con ella.

Mi hermana me escribió que había llegado a la ciudad de México. Esperé a fin de mes, cobré mi cheque en el trabajo, junté mis pocas pertenencias, me fui al transporte Galgos, compré mi boleto y emprendí el viaje para reunirme con mi hermana. Contaba con pasaporte, pero no con cédula de vecindad, porque aún no era mayor de edad. A mi llegada nos alojamos con la hermana de mi madre que habíamos conocido antes y que vivía con su padre, un viejo mañoso, que algunas veces nos propuso tener sexo con él. Mi hermana y yo le dijimos que ni nos tocara, porque le íbamos a meter una putiza entre las dos. Mi abuela Flor había muerto meses atrás a causa de cirrosis hepática.

Atrás habían quedado los ratos amargos y los maltratos de la abuela Eloísa. No volveríamos a convivir con ella. Nuestra estadía en la ciudad de México fue alegre. Guardo muchos recuerdos felices. Mi hermana y yo pudimos trabajar en empleos de oficina. Conocimos, paseamos y comimos todo lo que se nos antojó. Vivíamos en el centro de la ciudad de México, en una vecindad y el mercado nos quedaba muy cerca.

Comprábamos lo que se nos antojaba y lo cocinábamos y comíamos hasta estar repletas. Nunca más tuvimos que sufrir de hambre. Tanto mi hermana como yo habíamos cambiado mucho, pero nunca más hablamos de lo que habíamos pasado. Cambiamos hasta nuestros nombres. Las dos nos llamábamos Alejandra y las dos trabajábamos con papeles falsos de una chica mexicana de un rancho de Guanajuato. Mi hermana tenía pasaporte mexicano y la llamábamos Alejandra y yo, tenía credencial de elector y todos me llamaban Ale.

Fueron dos años en los que disfrutamos de la ciudad de México y aprendimos a cuidarnos. Yo estaba más alerta al peligro y más dispuesta a defenderme. Atrás había quedado aquella niña tímida e introvertida que un día fui.

También teníamos otra tía, que era la menor de todas las hijas de mi abuela Flor. Vivía en el estado de México. Tenía dos niños. El varón tenía unos diez años. Cuando llegaba de visita a la vecindad, mi hermana y yo lo llevábamos a las taquerías para hacer competencia para ver cuantos tacos nos podíamos comer cada uno. Si alguna vez visita la ciudad de México se dará cuenta que las taquerías están continuas. Mi hermana y el escogían dos seguidas y pedían diez tacos de cada taquería y luego otros diez de otra taquería distinta. De dos mordidas acababan con los tacos. Yo escasamente me podía comer quince tacos y ellos, cada uno se comían treinta. Lógicamente, ya no comíamos más el resto del día. Al llegar a casa, siempre éramos regañados por mi tía, por comelones, lo que nos causaba mucha risa.

En otra ocasión, mi tía dejó a los dos niños en la vecindad. Me tocó llevar a la niña a su colegio antes de irme al trabajo. Nos bajamos en la última estación del Metro. Caminamos algunas cuadras y estando a una cuadra de su colegio un perro nos atacó. Yo contesté al ataque del perro con la mochila de mi primita. Lo ahuyentamos con golpes de la mochila y nuestros gritos. Al dejarla en el colegio, la niña me dijo, que me regresara por otro lado, para evitar encontrarme al perro de nuevo. Regresé por otro camino, pues sospechaba que otra clase de perro me venía siguiendo. Era un hombre con malas intenciones. Yo ya había notado que nos venía siguiendo a mi primita y a mí. La calle estaba solitaria, apresuré el paso y en un portal profundo hice como que entraba. El hombre siguió y cruzo la calle. Eso me dio oportunidad de verlo de frente y aprovechando que venía otra persona, empecé a caminar al lado de esta persona, llegando así a la parada de autobuses. Nunca más, nadie me atraparía desprevenida.

De las muchas aventuras que vivimos en México, recuerdo que un día íbamos mi hermana y yo en el Metro que siempre estaba atestado, y Myriam, mi hermana, usaba una cangurera como bolso, y en ella, para su defensa personal portaba un revólver calibre 22. Ella tenía un cuerpo muy llamativo, con muy buen trasero. Entonces, un hombre se le pegó por detrás y se sacó el pene, restregándoselo en las nalgas. No crean que mi hermana hizo gran escándalo. Ella, tranquilamente, abrió su cangurera, sacó su pistola, agarró el pene del hombre y le apuntó con ella, y en voz alta le decía "que se te pare bien buey. Anda pendejo, que se te pare bien buey". Las carcajadas no se hicieron esperar y explotaron a todo volumen en aquel vagón. Mi hermana seguía con el pene en su mano, retorciéndolo. El hombre chillaba de dolor, mientras todas las personas nos reíamos y aplaudíamos la acción de Myriam. Espero que ese desgraciado haya aprendido su lección y que no la haya olvidado nunca.

Una tarde recibimos una llamada avisando que mi abuela Eloísa había muerto. El único motivo para regresar a Guatemala para mi hermana y para mí, era reclamar la propiedad que mi madre nos había heredado. Y aun así lo dudábamos. No queríamos ver al resto de la familia de mi madre, y no sabíamos en qué condiciones mi abuela había dejado su testamento.

Esperamos unos días hasta a llegar a fin de mes, para que nos pagaran y emprendimos el viaje en bus de vuelta a Guatemala.

Al llegar a Guatemala, fuimos a casa de mi tía de crianza, y todo era confuso. Mi tía, que por el momento estaba a cargo de todo, nos hizo esperar varios días para saber sobre la situación de nuestra propiedad, la que se encontraba, no solamente rentada a un inquilino moroso, sino también hipotecada, hechos que nos hicieron muy difícil a mi hermana y a mi resolver la situación.

Nos fuimos enterando de los detalles del funeral de mi abuela Eloísa. Nos contaron que hasta una gran pelea hubo, protagonizada por algunos de sus hijos, como no puede faltar en un funeral de una '' Madame de renombre" que se respete. También supimos que no asistió mucha gente, y que la enterraron al lado de mi madre.

Por otro lado, los medios hermanos de mi madre buscaban como locos el testamento de mi abuela Eloísa, porque en algún momento de su vida tuvo que haber hecho alguno, y se amenazaban unos con otros. Yo lo único que deseaba era no verme involucrada en ese testamento o en un intestado si ese llegara a ser el caso, no necesitaba estar en pleito con todos esos buitres que estaban dispuestos a matarse entre ellos por la fortuna en propiedades que mi abuela había dejado.

Como nada permanece oculto para siempre y el que busca encuentra, apareció el testamento que tenía veinticinco años de antigüedad a la muerte de mi abuela, en el cual mi abuela nombraba como sus herederos a mi madre y a uno de nuestros verdugos, de dos propiedades para dividirlas al cincuenta por ciento.

Esto lejos de beneficiarnos, era una terrible noticia, porque yo ya había iniciado un negocio en el local comercial que mi madre nos había dejado y todo estaba marchando bien. Vendía ceviches, carne asada y licor y aunque era un trabajo duro, estaba rindiendo sus frutos.

Por la herencia de mi abuela, no necesitaba ni quería entrar en pleitos con este desgraciado, que ya bastante daño nos había causado. Así que como sabía que haría hasta lo imposible para no entregarme nada de lo que a mi madre le correspondía, dejé que hiciera, todas las trampas de que era capaz, incluyendo falsificar mi firma y sobornar a las autoridades correspondientes, y que gastara su tiempo y dinero, porque tampoco se la iba a hacer tan fácil. Si bien no iba a pelear por ese dinero tampoco se lo iba a poner en la boca en bandeja de plata.

Pero él no se quedó tranquilo con mi actitud indiferente, y empezó, primero con amenazas para que firmara cediéndole mis derechos. Después de las amenazas, apareció algunas veces en mi negocio portando un arma y recordándome lo que nos había hecho a mi hermana y a mí, diciéndome que ahora estaba dispuesto a terminar lo que un día había empezado. Yo fingía que aquello no tenía ningún efecto en mí, pero la verdad era que mi espíritu se asustaba y volvía a tener horribles pesadillas.

Por último, pasó rociando de balas mi negocio por fuera y tiró una carta envuelta en una piedra que decía que era la última advertencia. No lo tomé a la ligera. Sabía de lo que ese hombre, engendro del demonio, era capaz.

Lo primero que hice fue cerrar mi negocio, por miedo a que alguien saliera herido. Empecé a meditar y a hacer mis planes, llegando a la conclusión de que lo mejor sería irme del país. Traté de convencer a mi hermana de que nos fuéramos, pero ella no quiso.

En los siguientes días vendí mis pocas pertenencias y le di instrucciones a mi hermana para que vendiera y se deshiciera del resto. Una vez más emprendí mi camino. Atrás dejaba de nuevo mi tierra, en la que tanto había sufrido y en la que yo me negaba a seguir sufriendo. Quería tener una oportunidad. Buscar un lugar donde poder trabajar, salir adelante, vivir sin todo el miedo que ya había vivido, donde nadie me conociera y yo no conociera a nadie.

Primero pasé por México y me acompañaba una amiga, pero en el aeropuerto nos detuvieron junto con otro grupo de centroamericanos y nos pusieron en una pequeña celda. El agente de inmigración mexicana nos revisó los documentos y al ver los míos en regla, yo que apenas contaba con 18 años, soy señalada por el agente como la pollera, la coyote y nos pidió $400.00 por persona, con la amenaza de deportación de México si no accedíamos. Para entonces ya la vida me había dado muchas lecciones y aunque no conocía a nadie más que a mi amiga en el grupo, decidí hablar. Les dije, "bueno, ya que este buey cree que soy la pollera, para salir de aquí tendremos que ponernos de acuerdo. El dinero que nos pide es mucho y no se lo daremos. No se asusten. Le daremos solo $100.00 por persona, pero el resto de su dinero deben esconderlo bien. Aun si se lo tienen que meter en el culo para que no se lo encuentren, y las mujeres, no se lo pongan en el brassier, porque si estos bueyes nos registran, allí lo encontrarán fácilmente". Cuando el agente regresó y me preguntó si ya teníamos un acuerdo, le contesté que sí, pero solo $100.00 por cabeza porque no traíamos más. Mientras él pensaba y se rascaba la cabeza, yo le enseñaba el rollo de billetes que tenía en mi bolsillo para tentarlo y le decía, que con eso ya había hecho su día, pero que si nos deportaba no conseguiría nada, y le volvía a mostrar el rollo de billetes. El dinero y mi negociación fueron exitosos y solo puse como condición, que saliéramos todos y que yo sería la última por tener el dinero. Cuando estuve afuera le dije, ''arrímate'' y saqué mi mano del bolsillo con el dinero. El agente lo agarró y lo puso en su bolsillo.

Así fue como llegué a la ciudad de Los Ángeles, a donde llegamos por miles los inmigrantes con la espalda mojada, con hambre de pan, pero también con sueños. Dispuestos a trabajar hasta rompernos el lomo, para abrirnos camino en este gran país. No quería ver hacia atrás nunca más, hacia donde había pasado tanto dolor. Lo único que siempre me preocupaba era mi hermana y a través de mi tía de crianza le mandaba dinero.

Como todos los inmigrantes, pasé por muchos trabajos. Uno de mis primeros empleos, fue como cuidadora de niños y mi patrona era una chica americana, que trabajaba en un buen restaurant en Beverly Hills. Sus horarios incluían fines de semana y hasta altas horas de la noche. Pero un día regresó temprano y ofreció llevarme hasta mi apartamento, el que compartía con mi amiga. Recuerdo que era fin de semana, creo que era domingo. Vivíamos en un apartamento de una sola habitación, cocina y baño, así que al abrir la puerta pensando que sorprendería a mi amiga, la sorprendida fui yo, ya que ella sostenía relaciones sexuales con su propia madre. En ese momento me quedé petrificada e inmediatamente recogí todas mis pertenencias y me marché.

¡Sin hogar de nuevo! Conseguí un trabajo en un asilo de ancianos, en el que se me proporcionaba alojamiento. Me levantaba a las 5 de la mañana a preparar los alimentos y como eran judíos, era comida Kosher. Luego había que servir el desayuno y a algunos había que darles de comer en la boca. Después había que lavar platos y empezar la preparación del almuerzo. Además, empezaba el corre, corre para limpiar y atender las necesidades de los ancianos uno por uno. Llegada la hora del almuerzo de nuevo servíamos la comida y ayudábamos a los que no podían alimentarse por sí mismos. Después de lavar platos al terminar el almuerzo, otra vez a correr para limpiar y arreglar los dormitorios de los ancianitos y atender sus demás necesidades. Por fin llegaba la cena y después de terminar de lavar platos y limpiar la cocina, cuando ya estaba exhausta, finalmente podía irme a dormir.

Descubrí que la mánager del lugar, con pocos años más que yo, tenía otras intensiones conmigo, que no eran dormir. Así que, a buscar trabajo de nuevo. Encontré otro trabajo, de ayudante de mesera en un restaurant Indu-británico y allí trabajé dos meses.

Luego comencé a trabajar en un Carwash en el área de Beverly Hills. En este negocio solo trabajaban hombres. Fui la primera mujer en trabajar allí. Poco a poco fui aprendiendo a pulir carros con máquina y a lavar motores e interiores de carros. Teniendo que ser cuidadosa ya que los carros que atendíamos en este carwash eran carros de lujo. Aprendí a manejarlos todos.

Tanto el trabajo, como las condiciones de éste eran duras. Las prácticas laborales del mánager del lugar, que también era latino, eran abusivas e injustas. No se nos concedía tiempo para tomar nuestros alimentos, y solo podíamos comer lo que literalmente pudiéramos tragar mientras comprábamos en la lonchera (camión que ofrece comida preparada y para por unos minutos en los centros de trabajo). Luego regresábamos al trabajo. Si dejábamos comida a un lado para terminar de comérnosla entre secada y secada de carros, el mánager pasaba tirándola a la basura. Las prácticas laborales del dueño no eran justas, ni buenas ya que recibíamos un cheque por las horas que se nos querían pagar y no por las que habíamos trabajado. Reportaban nuestros impuestos al IRS, con un número falso para cada uno de los trabajadores.

Si pensaba que aquí nunca volvería a sentir miedo, mi juventud e ignorancia del sistema, me harían pasar algunos sustos más, ya que siempre estaba pendiente de la famosa MIGRA y sus redadas.

En una ocasión, ya el mánager nos había prevenido que vendría la migra. Ellos lo sabían porque entre dueños de carwash se comunicaban. En días anteriores, la Migra había llegado a otros carwash. Todos mirábamos nerviosos a nuestro alrededor mientras trabajábamos. Yo me encontraba sacando carros de la línea para secar, pero permanecía muy atenta, mirando para ambos lados de la avenida. De pronto, divisé a lo lejos la camioneta verde olivo de la migra. Como me encontraba adentro de un carro, lo encendí y en lugar de parquearlo para secarlo, hice sonar la bocina varias veces para advertir a mis compañeros, cerré la puerta del carro y lo saqué del carwash. Quien sabe lo que el dueño haya pensado en ese momento, pero yo no iba a ser atrapada, mucho menos deportada. Así que manejé por dos cuadras ese carro de lujo, que creo era un Maserati, luego giré a la derecha lo parqueé en la calle, me quité la bata de trabajo y busqué un teléfono público para llamar a la cajera y decirle donde había dejado el carro y las llaves. Tomé un bus a mi casa, en donde me quedé por el resto del día.

Al día siguiente regresé a trabajar y me enteré de que la redada fue grande y caótica. Que se habían llevado a varios compañeros y que el dueño buscaba nuevos trabajadores. El ambiente de trabajo de los carwash no era muy agradable, ya que los compañeros de trabajo eran abusivos, malcriados y amenazantes, por lo que mi mejor amigo era un cuchillo que siempre traía en mi bota por si se presentaba alguna amenaza a mi integridad y así tendría algo conque defenderme. Aquella niña que no sabía defenderse ya no existía.

Pasé algunos años en esta clase de trabajo, desempeñándome en distintos carwash, unos mejores que otros. Fui comprando mis máquinas, y cuando tomaba días libres, hacia trabajos de pulido por mi cuenta y me resultaban más rentables.

También conocí gente interesante que abrió mis ojos a un mundo desconocido para mí y especialmente, aprendí mucho de una hermosa dama millonaria. Conocí lugares sorprendentes algunos y otros que no podía creer que existieran, pero sobre todo aprendí que no había, no hay ni habrá dinero que me compre o me haga vivir a la fuerza al lado de nadie. Que ni mi voluntad, ni mi libertad tienen precio.

Tiempo después se me presentó la oportunidad de un mejor trabajo, como Procesador de Documentos Legales. Recogía documentos de abogados para llevarlos a las distintas cortes de California, así como también obtenía copia de documentos o entregaba demandas. Fue un trabajo muy rentable, pero sobre todo instructivo. Aprendí mucho del sistema legal de mi nuevo país, porque, aunque era indocumentada éste para mí, ya era mi país, ya ni siquiera pensaba en Guatemala ni extrañaba nada de allí. Solo extrañaba a mi hermana, a ella sí que la extrañaba y también a mi madre.

En este trabajo manejaba muchas horas al día. Tenía carro y también me compré una moto para poder llegar a las cortes a tiempo, cuando era hora de tráfico. A diferencia de mis antiguos compañeros de trabajo, aquí éramos un grupo de diez procesadores, que, aunque éramos un grupo pequeño comparado con los de otras compañías, nos ayudábamos unos a otros y eso nos hacía más eficientes y rápidos, y eso era la clave para el éxito en este negocio. Nuestro jefe nos demostraba su aprecio de distintas maneras. Aquí siempre me sentí muy valorada como empleada.

Tiempo después tuve noticias de que mi hermana había tenido un hijo, y que mi abuela María que para entonces era ya la única abuela que nos quedaba, había pagado el parto del niño en un hospital privado y que, por este gesto, mi hermana en agradecimiento le había puesto el nombre de mi padre Manuel Antonio. Me sentí feliz, tenía un sobrino, un hijo de mi hermana. Siempre quise que mi hermana viniera a vivir conmigo a Los Ángeles, pero ella tenía sus propias ideas y siempre se reusó a ese cambio.

Por ese tiempo, por los adelantos tecnológicos como el fax, mi trabajo empezó a mermar. Ya algunos documentos podían ser archivados en algunas cortes por medio del fax. El dinero que ganaba ya no era el mismo y tuve que empezar a pensar en un plan B. Ese plan tenía que incluir regresar a estudiar algún oficio técnico. Primero pensé en mecánico para carros. La mecánica para mí era algo nato. Fui aprendiendo a reparar mis carros y mi moto leyendo los manuales, pero también pensaba que sería muy competitivo. Por una conocida oí hablar de la mecánica de aviones y que había una Universidad Comunitaria para estudiarlo. Eso me interesó mucho y seguí analizándolo.

Llegó a mí la noticia de la gravedad de mi tercera abuela, María, supe que estaba hospitalizada por complicaciones de diabetes y después me enteré de su fallecimiento. En mí no causaba una pena directa, pero lo lamente por mi tía, porque sabía el dolor que para ella significaba perder a su madre.

Después de tanto pensarlo, me animé y tomé el Examen de Admisión para Mecánico de Aviones. Cuando regresé por mis notas, mi alegría fue inmensa. Logré pasar el exámen y comencé mis clases por la tarde y la noche. Esto fue mucho esfuerzo, porque seguía trabajando y mi inglés no era muy bueno. Después de tres años y ayudada por los diccionarios técnico y de idioma, logré graduarme con honores y me siento muy orgullosa de mí y de mi madre, porque cada paso que doy ella continúa a mi lado dando ese paso conmigo, porque yo soy una extensión de ella y ella es mi ángel.

Un día, mi tía de crianza, que era la única persona en Guatemala que conocía mi dirección y número de teléfono en Los Ángeles, me llama de urgencia. Me cuenta que tuvo un sueño en el que mi madre le reclamaba que por qué la había abandonado, qué por que ya no la visitaba, que necesitaba que la fuese a ver. Aquel sueño la inquietó tanto, que a la mañana siguiente se dirigió al Cementerio General, lugar donde estaban enterradas mi madre y mi abuela Eloísa. Su sorpresa fue enorme al ver que el mausoleo estaba siendo derrumbado, pero como no había nadie alrededor para preguntar que pasaba, se dirigió a la oficina administrativa, donde fue informada, que el mausoleo en cuestión había sido vendido. Por cuestión de los benditos apellidos que mi abuela no le dio, mi tía no pudo probar el parentesco y menos solucionar el problema. Por tratarse de los restos de mi madre, mi tía de crianza inmediatamente me llamó por teléfono a Los Ángeles. Luego de hablar con ella, esa misma noche tomé un vuelo hacia Guatemala. Era un viaje agridulce, lleno de emociones encontradas. Quería volver a ver a mi hermana y conocer a mi sobrino, pero no quería volver aquella tierra que solo me había dado dolor y sufrimiento y había llenado mi corazón de un odio que me consumía.

Cuando el avión descendía y mis ojos contemplaban el paisaje, sentía nostalgia de tiempos que jamás volverían y sobre todo de mi madre y de aquellos tiempos en que fui tan feliz. Pero recordé a que llegaba y mi corazón recobró su odio para enfrentar de nuevo no a mis verdugos, sino esta vez a mis enemigos, porque ya no era la niña que un día se fue temiendo por su vida. El miedo había quedado atrás. No retrocedería ante ninguna intimidación, ¡ya no! Ellos eran los mismos, pero yo era otra, había crecido, había cambiado y me había hecho muy fuerte.

Después de muchos años de ausencia, estaba en la tierra que me vio nacer.

Al día siguiente temprano me dirigí al cementerio. Cuando llegué las oficinas aún se encontraban cerradas. Pacientemente me senté en una banca afuera de las oficinas a esperar a que abrieran. A mi lado se sentó un señor que trataba de entablar conversación conmigo, en buen guatemalteco era "un shute". Al conversar nos dimos cuenta de que el representaba al comprador del mausoleo y me dio la tarjeta del abogado para el que él trabajaba e hice una cita para esa misma tarde. Cuando por fin abrieron la oficina, pude averiguar qué trámites debía realizar para exhumar y trasladar a otro lugar los restos de mi madre. Me enteré también, que el vendedor del mausoleo era el mismo desgraciado hermano de mi madre que antes casi me mata por la herencia de mi abuela Eloísa. El comprador era un extranjero que no tenía nada que ver con la familia. Regresé a casa de mi tía de crianza y le conté lo sucedido. No podía creer hasta donde era capaz de llegar este tipo, era terrible. El tiempo con que contaba para solucionar lo del traslado de los restos de mi madre era muy poco. Tenía solo una semana de permiso para ausentarme de mi trabajo. Llamé a una tía de parte de mi padre y le expliqué la situación. Ella tenía varios nichos por lo que le pedí me vendiera uno. Me dijo que iba a pensarlo y que le diera unos días. Estuve esperando su respuesta y como no llegaba, la llamé varias veces más, pero nunca me dio una respuesta definitiva. Solo me hizo perder el tiempo. Finalmente, la solución vino de mi prima de crianza. En esos días le vendieron un lote en otro cementerio y me ofreció un nicho para mi madre, a cambio de que también me encargara de la exhumación y traslado de los restos de mi abuela Eloísa, pues yo si podía probar el parentesco con mi abuela. También me pidió que corriera con los respectivos gastos legales y honorarios de exhumación y traslado. Acepte agradecida. Las trasladamos juntas y juntas siguen descansando en paz.

El resto de las hienas, y me refiero al resto de los hermanos de mi madre, hicieron su aparición al enterarse de mi presencia en Guatemala. Me hicieron llamadas reclamando les pagara $5000.00 para darme permiso de exhumar los restos de mi madre. Por supuesto conteste que no. Que jamás pagaría por eso, no por no tener dinero, sino porque para mí los restos de mi madre son sagrados y ya era suficiente de abusos. Además, yo ya le había pagado al nuevo dueño, a través de su abogado, para tener los permisos y todos los documentos legales arreglados para la exhumación y el traslado. Por boca del mismo comprador me enteré de que el hermano de mi madre le había dicho, que vendía porque necesitaba el dinero. Que había heredado ese mausoleo, pero que no sabía quiénes estaban enterrados allí. Incluso falsificó las firmas de los demás herederos.

¡Que ironía de la vida!, la nieta a quien doña Eloísa Velázquez ''La Locha'' causó tanto daño y quien tampoco heredó nada de ella, vino a ayudarla, exhumándola y trasladándola a otro cementerio, a un lugar seguro, para que sus restos no terminaran en el Osario General. Nunca hubiéramos pensado, ni ella ni yo, que la vida nos iba poner en esta situación. Y para aquellos que se pregunten en dónde descansa en paz, les cuento que se encuentra en el Cementerio las Buganvilias en la zona 18 de la ciudad de Guatemala, junto a mi adorada madre.

En este viaje conocí a mi sobrino, hijo de mi hermana. Si lo hubiera visto en la calle lo hubiera reconocido inmediatamente, es idéntico a ella, es su vivo retrato y el conocerlo lleno mi corazón de felicidad.

Cuando regresé a Los Ángeles, estallaron los disturbios por el veredicto de inocentes en el juicio en contra de los policías que golpearon, casi hasta matar a Rodney King. La indignación general estalló en disturbios, incendios, robos. La maza sin control. Nunca había visto nada igual, la violencia estalló en toda la ciudad. Fueron días terribles. Hasta impusieron ''toque de queda''. Un toqué de queda era algo que solo había experimentado en los golpes de estado en Guatemala. Eso me obligó a quedarme en casa por algunos días. Hasta ese entonces yo pensaba que en Estados Unidos eso no existía, que eso no pasaba nunca. Pensé que tanta violencia y represión habían quedado atrás. Que equivocada estaba.

No importa que tan rico o poderoso pensemos que es un país, las injusticias y la desigualdad existen en todos los países. Para mí la violencia solo trae violencia, y creo firmemente que la respuesta es la protesta pacífica y los votos en las urnas.

Días después regresé a mi rutina y me pongo como meta entrar a trabajar a determinada aerolínea. Para esto, por correo pedí 20 solicitudes de trabajo y las llené todas exactamente igual. Mandé una cada mes. Mientras, seguía en mí mismo trabajo. Todos los días revisaba el correo. Y finalmente, un buen día, encontré en el buzón una carta de la aerolínea. Era lo que estaba esperando. No sé si me llamaron a entrevista porque los aburrí con mi insistencia o fue porque de verdad leyeron toda mi solicitud y aplicación. Pero lo había logrado, tenía fecha para una entrevista y estaba lista para la misma. La había ensayado tanto que ya estaba preparada. Así que solo seguí las instrucciones de la carta "y conseguí el trabajo". ¡Qué alegría! Cada paso, cada logro no ha sido solo mío, ha sido también de mi madre. Ella está en mí y comparte conmigo porque yo soy parte de ella, y mi voz es parte de la de ella. Poco a poco aprendí a desempeñarme en distintos departamentos de la compañía y siempre me mantuve interesada en aprender. Para seguir ascendiendo la compañía me pidió más experiencia, así que tomé un segundo trabajo. En el segundo trabajo, aprendí a realizar reacondicionamiento de motores para aviones turbo jets y conocí aviones privados de algunas celebridades.

Después de algún tiempo empecé a bajar de peso sin motivo alguno. Pensaba que era porque trabajaba mucho y no me preocupé al principio. Pero después de que aparecieron otros síntomas, tuve que ir al Doctor y luego de muchos exámenes, mi diagnóstico fue terrible, era cáncer terminal. El Doctor me dijo que arreglara mis cosas legales, que estimaba me quedaban seis meses de vida. Tenía pocos meses de haber cumplido 33 años. La edad con la que había muerto mi madre. Por mi mente pasaban miles de pensamientos, algunos confusos, otros de total asombro. ¿Cómo era posible?, si a mí, no me dolía nada y trabajaba 16 horas diarias. ¿Cómo era posible que estuviera muriendo? La realidad solo se hizo palpable cuando me vi al espejo y cuando ya no pude levantarme de mi cama. Era piel y huesos. Fue entonces cuando libré mi batalla más fuerte y le pedí perdón a Dios y a mi madre, por un día haber atentado contra mi vida. Gasté hasta mi último centavo, tomé todas las medicinas experimentales puestas a mi alcance y Dios y mi madre contestaron mis plegarias. Regresé al trabajo recuperada, agradeciendo a Dios, a mi madre, a mis compañeros y a la vida misma por seguir viva y trabajando. Me olvidé por el momento del segundo trabajo y de insistir en ascender de puesto y seguí solo con el trabajo de la aerolínea.

Uno de los Hermanos de mi amiga cubana, enfermó gravemente de cáncer y como ella no podía ir, me ofrecí para ir a Cuba a llevarle dinero y otras cosas que ella deseaba mandarle. No contaba con que al decirle a las amistades cubanas cercanas que ya me habían autorizado la visa para ir a Cuba, me lloverían las suplicas para que también les llevara dinero o algún paquetito a sus familiares. Así que, como solo tenía autorizada una valija de 45 libras y un bolso de mano de 15, entre mi amiga y yo hicimos mil peripecias para poder llevar los encargos. Los preparativos de mi viaje fueron como los de ningún otro y nunca los voy a olvidar. Mi amiga me vistió con 4 pantalones leggins y encima mi pantalón jeans. En la parte de arriba llevaba dos brassieres y 3 camisetas de hombre sin mangas y una camisa de manga corta. Mis tenis de talla 7 los introdujo dentro de unos tenis talla 10 y medio de hombre. Caminar con toda aquella ropa y los tenis, que pesaban como ladrillos, era toda una proeza. Pero sentarme y acomodarme en el avión, ¡Oh mi madre, eso fue toda una odisea! Cuando llegué a Cuba observé que casi todos, estaban en la misma situación que yo, engordados a base de ropa. Con toda aquella ropa encima y con el calor, sentía que me iba a desmayar. Los soldados muy serios solo nos observaban y nos dirigían primero a recoger nuestro equipaje y luego a inmigración y aduanas. Allí nos esperaban otros soldados. Cuando llegó mi turno, entregué mis documentos. El soldado los revisaba mientras me preguntaba que cuánto dinero traía, sin dudar le contesté que traía $8,000.00. Me pidió le mostrara mi billetera. Y cuando se la enseñé, sin razón ni explicación alguna tomó mi billetera y sacó un puñado de billetes que yo inmediatamente agarré por el otro extremo y pregunté por qué estaba tomando mi dinero. Entonces me dijo, que me acusaba de cubana con papeles falsos. Le contesté que eso era mentira y le dije que si me quitaba mi dinero tenía que darme un papel indicando el motivo por el cual lo estaba haciendo. Detrás de mi estaba un ciudadano canadiense con su cámara tomando fotos y un soldado le decía que parara de tomar fotos. Al soldado que me atendía no le quedó más remedio que poner el dinero sobre la mesa y empezar a contar el dinero que me iba a decomisar e iniciar el papeleo, en el que también me acusaba de tener papeles falsos y ser de la contrarrevolución. Luego revisó mi equipaje y al encontrar mucha ropa de hombre agarró una camisa y me dijo, "también esto te lo voy a quitar". Agarré el extremo de la camisa y le dije, "esa es mi ropa, es lo que uso para vestirme, si me la quita se la entregaré con gusto toda, pero en pedazos, si quiere empecemos rompiendo mi camisa". La soltó con enojo y me dejó salir. Al verme en la calle respire profundo, ya que por un momento pensé que me iría presa.

La familia de mi amiga me esperaba, con un cartel grande con mi nombre y aunque no nos conocíamos nos abrazamos. Pedimos un taxi y la primera parada fue para comprar agua embotellada porque entre el calor del lugar y toda la ropa que llevaba puesta, me moría de sed. Aún en el taxi me quité los tenis para poner sacar los míos y quitarme todos los calcetines que traía puestos, me quité la camisa para quitarme todas las camisetas, pero tuve que aguantarme los jeans porque abajo traía los leggins y varios calzones, y en leggins no me iba a quedar. Luego le conté a la hermana de mi amiga lo sucedido con el dinero y le pregunté que a donde tenía que ir a reclamar ese dinero. Ningún cubano pensaba que recuperaría el dinero. Mi viaje era de solo una semana y tuve que ir a una misma oficina desde el lunes hasta el viernes y gracias a Dios, a mi persistencia y a la verdad que acompañaba a mis palabras pude recuperar aquel dinero para las familias de mis amistades que, con tanta ilusión, lo esperaban. También me esperaban para comprar a través mío, en las tiendas exclusivas para extranjeros, llamadas Diplotiendas, porque en la época en que yo fui era prohibido para cualquier cubano tener dólares en su posesión, so pena de cárcel, así que me necesitaban para que entrara con ellos hacer sus compras, pero solo podía entrar con dos personas a la vez. Conforme cada familia fue comprando me despedí de ellas y les pedí que se fueran, para evitar más problemas, pues ya había tenido suficientes. La policía de Cuba se hizo presente en la diplotienda buscándome. Antes de salir un ciudadano español me aconsejó que no me fuera a subir al carro de la policía sin avisar a mi consulado. Salí de la diplotienda para hablar con ellos y después de amenazas vacías y de ver que no me asustaban, solo me recordaron que mi salida del país era el domingo. Gracias a Dios ya solo la hermana de mi amiga se encontraba conmigo. Toda la demás gente ya se había ido.

Entre las anécdotas de este viaje, hubo una que entristeció mi corazón, es la de un niño cubano a quien siempre que subía o bajaba por las escaleras del apartamento de la hermana de mi amiga, lo encontraba sentado en las escaleras del primer piso y nos saludábamos. Un día me dijo que tenía un deseo especial y le pregunté de que se trataba, me contestó "yo quiero probar a que sabe una coca cola". Tuve que apretar los dientes para no llorar. Cuando regresé de hacer mis mandados lo primero que hice fue buscarlo y nos sentamos juntos, para charlar y para que el disfrutara no solo de su coca cola sino de otras chucherías que pude cómprale. De mi viaje regresé con varias libras menos y vestida con harapos por haber intercambiado mi ropa con personas que vivían y se quedaban en la isla, porque es imposible no querer dejar todo, porque allí todo falta, es un país de belleza natural asombrosa, su gente es muy cálida, pero la miseria y la desesperación se aloja en cada rincón de esta hermosa isla. Cuba no es para el cubano, sino para el extranjero que puede pagar con dólares por todas sus bellezas incluida su gente.

Desearía volver un día a una Cuba libre, a un pueblo que se libere por sí mismo de la dictadura y decida su destino y escriba su propia historia y busque su futuro.

Tiempo después busqué y logré entrevistas con otras aerolíneas. Mi capacidad, mis licencias, y experiencia, eran mi carta de presentación para un mejor trabajo. Cuando por fin obtengo el puesto deseado en otra aerolínea, sucedió el atentado a las Torre Gemelas de New York el 11 de septiembre del 2001. Esa fecha para todos los americanos y especialmente para los que trabajábamos en aviación fue más que una tragedia. Trajo grandes cambios y pérdidas económicas, de las que como empleados nunca nos vamos a recuperar. Fueron tiempos de incertidumbre, de despidos y de grandes pérdidas económicas para todos los que trabajábamos en aerolíneas, incluyéndome a mí. Este evento vive en la memoria de todos los americanos, pero en los empleados de aerolíneas vive de una forma mayor, no solo por la tragedia en sí, sino por todas las pérdidas que tuvimos que sumar a la misma tragedia y por los cambios que la industria de aviación sufrió. Porque siempre los empleados son los grandes perdedores y yo no fui la excepción.

En el 2002, George Bush declara la guerra a Irak. Las aerolíneas americanas firmaron contratos con el gobierno para transportar soldados para el medio oriente desde la base aérea de Frankfurt, Alemania. La aerolínea para la que trabajaba no fue la excepción y soy de las primeras en ofrecerme para ir con los aviones. Mi trabajo consistía en preparar y revisar el avión, para llevar soldados americanos desde la base aérea en Frankfurt, Alemania hasta un punto no especificado en medio oriente. El aterrizaje se realizaba como en zona de guerra, de picada y sin luces. Se desembarcaba a los soldados, que apenas eran unos niños con todos sus pertrechos y armamentos. Nosotros mientras tanto cargábamos combustible y hacíamos revisiones al avión protegidos por un escuadrón de soldados, y despegábamos de la misma forma que habíamos llegado, pero a la inversa, en línea recta hacia arriba y sin luces. Esa maniobra era para evitar ser interceptados por un misil.

En la base de Frankfurt, Alemania nos habían tramitado, a toda la tripulación, la credencial de civiles trabajando en zona de guerra y de no ser combatientes, conforme al Tratado de Ginebra.

Cuando volábamos de regreso, el piloto ya más relajado, nos dejaba volar en cabina con él por un rato y si el tiempo y la visibilidad lo permitían, nos mostraba las pirámides egipcias y otros puntos de interés. Regresábamos al hotel en Frankfurt y muchas veces nos juntábamos a comer, a tomar algo o nos íbamos en grupos a conocer la ciudad. Fue una experiencia única y llena de adrenalina que no olvidare

Tomó tiempo y muchos cambios, pero el trabajo en la aerolínea empezó a estabilizarse de nuevo. El público poco a poco fue teniendo confianza en el nuevo sistema de chequeo de maletas y de viajeros, que, aunque hace más lento el proceso, brinda seguridad a todos. Eso ayudó a que mis compañeros y yo pudiéramos seguir en el trabajo. Aunque para nosotros los empleados las cosas cambiaron y perdimos muchos beneficios ya adquiridos, dinero y pensión que nunca recuperaríamos. Eso hizo que el ambiente de trabajo cambiara. De ser un lugar en el que todos nos ayudábamos para lograr sacar todos los vuelos a tiempo, se convirtió en un lugar de trabajo apático, en el que muchos solo hacen lo que les corresponde y nada más y la respuesta de la compañía fue contratar supervisores, que, aunque no sepan o conozcan el trabajo, si pueden gritar, intimidar y aplicar medidas disciplinarias. El remedio fue peor que la enfermedad. Y aunque somos Sindicato, ahora es solo una lucha de poderes entre el sindicato y la compañía y no una compañía que opera con la colaboración de todos sus integrantes.

Con los cambios en el trabajo vinieron la reducción de personal y el sobre esfuerzo de los que seguíamos trabajando. Empezó a haber más lesionados entre los cuales tuve la mala fortuna de estar incluida. Y para reparar las lesiones se hicieron necesarias las cirugías.

Debido a un accidente en el trabajo me disloqué el hombro izquierdo y me operaron. Eso me mantuvo fuera del trabajo por casi dos años, en los que tuve que ir a terapia todas las semanas. Pero me aburría en casa. Así que tomé la decisión de regresar a estudiar.

Como siempre me gustó la cocina, investigué en que Colegio (Universidad) podía estudiar una carrera seria para convertirme en Chef Internacional y escogí la famosa "Escuela de Artes Culinarias Le Cordón Bleu", lo que me llevó a otra maravillosa aventura de aprendizaje sobre cocina, historia, sabores y olores nuevos. Las clases empezaron y me sentía muy contenta. Al principio, tuve algunos tropiezos con los términos que usaban los maestros, porque eran totalmente desconocidos no solo para mi sino también para mis compañeros. Por ejemplo, un día el Chef nos pidió que le preparáramos "una naranja suprema". Todos en clase nos mirábamos sin saber que hacer porque todavía no nos habia explicado que era eso. Recurrí al libro, tratando de encontrar la respuesta, pero el maestro no me dio tiempo, y a gritos nos decía, "es una naranja sin cáscara, sin piel ni semillas". Y lo siguiente que salía de su boca era, "¿donde está mi naranja suprema?". Para entonces ya aparecíamos varios con la naranja suprema. También en mi clase había un chico llamado Jesucristo, con un excelente sentido del humor, y que bueno, porque todos le hacíamos bromas, y sonaba muy divertido cuando decíamos vamos a comer con Jesucristo o, me toca trabajar con Jesucristo y cosas así. Jesucristo se convirtió en mi compañero más cercano y muchas veces en clase, desarrollábamos juntos los trabajos.

Para los fines de semana, los maestros nos dejaban muchas tareas y una de ellas era repasar cocinando lo aprendido durante la semana. Así que a mi amiga de Guatemala con la que vivía, se le ocurrió, que, para ayudarme con los gastos, de los ingredientes que tenía que comprar para preparar los platillos, que debía cocinar como tarea, que cocinara una cantidad mayor, suficiente para vender. Resultó un tremendo éxito. Durante la semana mi amiga ofrecía los menús y tomaba las órdenes, para saber cuánto debía preparar. Y en el fin de semana me ponía a cocinar distintos menús internacionales y mi amiga atendía y entregaba los pedidos a los comensales.

Mis conocimientos en computación no eran muy extensos, pero mi amiga sabía más que yo, y poco a poco me fue enseñando algunas cosas y otras las descubrimos juntas. Entre esas cosas que aprendimos está el símbolo de # que no sabíamos que rayos quería decir en los libros de cocina. Lo mencionaban en los ingredientes una y otra vez. Pero no encontrábamos su significado. Había que descifrar que era. Nos tomó algún tiempo darnos cuenta de que se refería a una medida de peso. El signo de # en los libros de cocina significa "libra". Fueron cosas como esa, las que hicieron de mis tareas algo divertido, en ocasiones, y muy frustrante en otras.

Cuando tomé mis clases de Repostería y Panadería, todos los días habia vecinos esperando por postres o por pan, dependiendo de lo que hubiese hecho en clase. Me alegro de que el chocolate y yo no somos muy buenos amigos. Aun así, aumente 20 libras durante todo el curso y creo que mi amiga y vecinos también. Pero que caras de felicidad tenían, mirándome llegar con los postres, panes y pasteles.

Luego regresé al trabajo y los días se hicieron muy largos, porque aún no terminaban las clases de Chef.

Comenzó la parte más dura del curso, que fue ir a trabajar a distintos lugares, como práctica, por supuesto sin paga, para que evaluaran mis conocimientos y destreza. Trabaje en diferentes lugares y para Chefs internacionales, muy reconocidos a nivel mundial, como Wolfgang Puck, quien realiza la cena para la Premiación de los Oscares en Hollywood en Los Ángeles, California. Por mi desempeño en la cocina en varios lugares me ofrecieron trabajo. Pero yo ya tenía uno y muy bien remunerado, así que decliné las ofertas. Finalmente me gradué y recibí el título de Chef Internacional.

Regresé a mi rutina y horario normal de trabajo y pude descansar mucho más, hasta que un compañero de la aerolínea me habló de la carrera de Técnico de Distribución y Tratamiento de Agua Potable. Me dijo que pagaban muy bien y que varios colegios (Universidades), ofrecían la carrera. Me pareció buena idea tomar esas clases y lo mejor era que solo eran dos veces por semana, aunque el colegio me quedaba lejos, hice el esfuerzo y también estudié y me gradué de esta carrera en dos años. Mi madre decía, que el saber no ocupa espacio, y quería estar preparada para cualquier eventualidad en la aerolínea. "Siempre hay que tener un plan B".

En la televisión, vi un programa que hablaba de Guatemala y de la tragedia de la población que vive en el corredor seco. Se refería a los niños desnutridos de Camotán y Jocotán, Chiquimula. Aquella noticia resonó en mi corazón y siguiendo mi idea, mi amiga y yo nos pusimos manos a la obra a recaudar dinero, ropa y zapatos en buen estado, que mi amiga seleccionaba y lavaba para ayudar al Dispensario Betania, ya que esta organización a la fecha realiza una hermosa obra con estos niños y sabíamos que la ayuda llegaría a los necesitados. Pedí a mis compañeros de aerolínea ayuda y gracias a Dios muchos respondieron muy generosamente y otros como siempre solo criticaron o se burlaron. Pero para mí lo importante era ayudar, porque dentro de mi, yo sabía que tenía una deuda de servicio, por aquella segunda oportunidad de vida que Dios me habia regalado, y que mejor, que sirviendo a los más necesitados. Esa obra me llevó como instrumento de Dios a ayudar a otras personas, que no estaban en mis planes, pero si en los planes de Dios. También conocí gente maravillosa que me ayudó hacer más y más grande esta obra de amor.

Luego, por problemas personales y económicos me vi forzada a buscar un segundo trabajo. Apliqué en distintos lugares en línea y un buen día recibí de USC la Universidad del Sur de California, la oportunidad de entrevista. Pasé la entrevista y eso me llevó al examen de cocina. Conseguí la posición de Chef. El Chef Ejecutivo me puso a cargo de las parrillas al aire libre, donde servía desayunos y almuerzos. De nuevo Dios me ponía en el lugar y el momento preciso, ya que estaba cerca de la Facultad de Medicina y de las Clínicas. Muchas veces atendí a pacientes que salían de tratamientos de radiación o quimioterapia. Por mi experiencia personal y como Chef, entendía por lo que estaban pasando con el paladar, los olores y la comida y siempre los traté con paciencia, respeto y compasión.

Una gran amiga mía en Guatemala, que tiene dos hijas me contó que una de ellas padecía de epilepsia, y que la niña iba a cumplir quince años, y tenía miedo de convulsionar delante de todos. Me doy a la tarea de preguntar a todo mundo por un médico neurólogo especialista en epilepsia que la pudiera ayudar. De nuevo siento que Dios me llevó allí con un propósito, porque la paga realmente no era buena, y decido que primero encontraré ayuda para la niña, y luego renunciaré para buscar otro trabajo más cerca del aeropuerto y mejor remunerado. Mis oraciones y las de mi amiga son contestadas con un ángel que me pone en contacto con una Doctora especialista, que viajaba a Honduras frontera con El Salvador y consigo que la niña fuera incluida entre los pacientes que veía el siguiente mes. Me sentí conmovida hasta las lágrimas por la respuesta de Dios a nuestras plegarias. Hoy la vida nos ha unido más y los lazos de amistad con toda su familia son fuertes y confiables y aquella niña hoy es una mujer libre de epilepsia.

De nuevo en casa y con mi trabajo de la aerolínea le doy un poco de descanso a mi cuerpo agotado por aquellas jornadas intensas de 16 horas diarias, pero continúo con los problemas personales y económicos, así que renuevo mis fuerzas para buscar un segundo trabajo. Con la experiencia del trabajo anterior se me facilitó conseguir, una posición en una fábrica de procesamiento de comida, para las escuelas públicas. Allí aprendí muchísimas cosas, porque todo el proceso desde moler las carnes, cocinarlas, congelarlas y empacarlas era desconocido para mí. La Gerente y su Asistente eran personas buenas e inteligentes, que trataban a todos con respeto, pero también con disciplina. También me nombraron Supervisora de Sanitización, así que llegaba de madrugada a supervisar y a ayudar a lavar y desinfectar toda la fábrica, incluyendo cada máquina ya que cada mañana antes de empezar el departamento de Sanidad revisaba todo. Mi experiencia en este trabajo fue buena y de mucho aprendizaje.

Me mudé de vivienda, y me quedé trabajando solo con la aerolínea, que para ese entonces permitía que trabajáramos horarios extendidos y para mí era una mejor opción económica.

Después de un tiempo el fantasma del cáncer se presentó de nuevo. Cuando fui hacerme el Mamograma, el Doctor decidió hacerme un ultrasonido en el seno derecho y notó que el pezón era irregular y que sobre él se extendía una gran mancha, así que decidió cortar toda la mancha, como biopsia, y la patología resultó positiva. De nuevo a enfrentarme a los tratamientos, pero con un pronóstico muy alentador y aunque después se me presenta el cáncer linfático, es diagnosticado en su etapa inicial. Me pone de nuevo a repetir tratamientos. Logro salir adelante con la ayuda de Dios y con la de los que de verdad me aman. Que con sus cuidados y cariño hacen más rápida mi recuperación. Por un tiempo mi Doctor decide que debo tomar pastillas de quimioterapia y así lo hago. En la a última etapa de mi tratamiento, decido por razones económicas, regresar al trabajo y una vez más obligo a mi cuerpo enfermo y ya lesionado de varias partes, a sacar fuerzas para terminar cada día. Las circunstancias hacen que me acerque más a un compañero de trabajo a quien conocía desde hacía muchos años, pero que por trabajar en distintos turnos nunca me habia tocado trabajar con él. Él también era de Guatemala. Un tipo gracioso, muy bromista, que con sus bromas y chistes hacia nuestro día más liviano y llevadero y creo que por verme tan débil trataba de alguna manera de echarme la mano, y así nos hicimos amigos. Siempre me dijo que admiraba mi fortaleza, porque a pesar de mis circunstancias estaba allí para trabajar. De él, yo admiraba lo trabajador, lo buena gente y optimista que era. Pero un mal día cuando regresé del tratamiento y de mis días de descanso, otro compañero me dijo, que mi amigo había muerto de un ataque al corazón. Esa fue una noticia muy dolorosa, que me hizo pensar en la fragilidad de la vida. Muchas veces hacemos planes sin pensar siquiera, que la muerte puede estar esperándonos a la vuelta de la esquina. O nos vamos a dormir, dando por seguro que despertaremos al día siguiente. Hace tiempo se, que cada día es un regalo de Dios y mi mayor preocupación no es vivir cien años, sino cultivar mi espíritu, darle valor a mi alma, obrar bien hacia otros, ayudar a quien pueda sin esperar nada a cambio. Ser un mejor ser humano. Porque los años en la tierra serán pocos comparados con la vida eterna. Y si vivimos toda nuestra vida sin mejorar, aunque sea por un día la de otros, habremos vivido en vano. Nuestras plegarias a Dios tienen que ir acompañadas con nuestras buenas acciones. Si no, solo somos unos egoístas.

El segundo golpe más fuerte que he recibido en mi vida fue la inesperada muerte de mi hermana Myriam, quien, por estar en el lugar y momento equivocado, murió en una balacera. Con Myriam nunca habíamos hablado de lo que queríamos para cuando muriéramos. Pero hacía unos días, ella me habia preguntado, que qué deseaba yo que ella hiciera por mí, en caso de que yo muriera. Le contesté que quería ser cremada. Luego me preguntó, que qué haría con ella y le contesté que lo mismo, a lo que ella me dijo ¡Oh no, quemadita no! No podía imaginar que una semana después, recibiría la noticia que mi hermana habia muerto. Mi corazón se hizo pedazos, el dolor me ahogaba y de no ser por una amiga muy especial en Guatemala, que hizo todos los arreglos para sacarla de la morgue y los preparativos del funeral y entierro, yo no hubiera sabido que hacer. Lo único que pedí fue, que fuera enterrada en el mismo cementerio donde está mi madre.

El año después de la muerte de mi hermana, fue para mí un infierno, el dolor era tan fuerte en mi corazón, que no encontraba consuelo. Había perdido a mi hermana, a mi amiga, a mi cómplice de todas mis travesuras, a mi protectora de niña. ¿Cómo era posible que ahora ya no estaba? Aun ahora, pasado ya varios años la extraño mucho, así como extraño a mi madre.

Mi vida ha estado llena de todo, de sufrimientos, alegrías y aventuras, pero siempre y cada día en mi largo vivir he extrañado a mi familia, porque mi familia eran mi madre y mi hermana. Cuando Dios decida mi final sé que estarán esperando por mí, y yo vivo esperando ese día. Mientras tanto, sigo adelante como mi madre me enseñó, trabajando duro y con la frente en alto.

Este libro está dedicado a mi Madre, y en sus páginas, le doy la voz que ella no pudo tener en sus últimos días, por la maldad de mi abuela Eloísa, que decidió negarle sus últimos deseos, apagando su vida con una orden de asesinato, que fue perpetrado por las manos de un Doctor sin escrúpulos, que administró esas dos letales inyecciones.

Hoy mi corazón está limpio de odio. No guardo rencor a ninguno de todos aquellos, que al pasar de mi vida me han hecho daño. Pero perdón no es olvido. No lo confundo. La forma en que hoy veo a esas personas ha cambiado. Mi ira la dejaré ir ahora, que he dado a conocer la verdad de mi historia y sus acontecimientos, convirtiéndola en la voz de justicia que mi madre exige, porque no la tuvo.

Made in the USA
Monee, IL
10 December 2020